Histórias

Sem Dono

Max Araripe

Histórias Sem Dono

EDITORA ZEUS
Rio de Janeiro - 2005

Copyright© 2005 by
Max Araripe

Todos os direitos reservados e protegidos.
Proibida a duplicação ou reprodução deste livro ou parte do mesmo, sob quaisquer meios, sem autorização expressa dos editores.
Obra registrada no EDA sob nº 323.707.

CIP -Brasil. Catalogação-na-fonte
Sindicato Nacional dos Editores de Livros, RJ

A685h	Araripe, Max, 1939 - Histórias sem dono. Max Araripe. - / Rio de Janeiro : Zeus, 2005. 216p. : 23 cm. ISBN 85-88038-30-7 1. Conto brasileiro. I. Título.
05-2480.	CDD 869.93 CDU 821.134.3(81)-3

Capa e projeto gráfico:
Home Office Design
Baseado nas concepções visuais de Aloysio Zaluar

Ilustrações:
Aloysio Zaluar

EDITORA ZEUS® é marca registrada da
EDITORA Y. H. LUCERNA LTDA
Rua Colina, 60 sl. 210 - Jardim Guanabara
CEP 21931-380 - Rio de Janeiro - RJ
Telefax: (21) 3393-3334 / 2462-3976
Homepage: http://www.lucerna.com.br - E-mail: Info@lucerna.com.br
Cx. Postal 32054 - Rio de Janeiro - RJ - CEP 21933-970

Dedicatória

*Ao amigo fraterno Oscar Peixoto
cérebro cartesiano,
coração franciscano.*

Sumário

Apresentação 9

Prólogo 13

A dama e as flores 15

Um velho amigo 27

Maria do Rosário 35

Jesus 49

Masculino e feminino 65

A barata 75

A gravata borboleta 91

A perna mecânica 111

Garota de programa 125

O morto 145

O mistério do latão 163

O enterro 181

Duas páginas de amor 195

Apresentação

O autor Max Araripe escreve para mim, convida-me para apresentação de sua obra. Emocionada fico, orgulhosa fico, mas é em Araripe que está a própria apresentação que se *apresenta* por escritura, em fragmentos de carta a mim enviada, e que me inspirou a paráfrases. Nada mais justo que oferecer mais um linguajar do autor ao leitor:

"Foi um amigo, a quem dedico o livro, que me instou a essa aventura temerária a partir do tom romanceado de *Linguagem sobre sexo no Brasil*. São *Histórias sem dono* porque nelas apareço apenas como aparece Alfred Hitschcock nos seus filmes. Mostro a cara, não mais do que isso, salvo nos quatro contos narrados na primeira pessoa, embora ainda nestes o autor seja mais testemunha ocular do que protagonista. As personagens, à medida que delineava seus traços de personalidade, adquiriram vida própria, impuseram o modo de sua participação no enredo e dirigiram as histórias para onde bem entenderam. Não há *donos*. São *histórias* porque me alinho entre aqueles que não acolhem o artificialismo de denominar *estórias* as narrativas que não referem os fatos notáveis das nacionalidades. E também porque foi uma maneira de fugir aos rigores conceituais da teoria literária, muito embora, à luz desta, as narrativas me pareçam enquadrar-se na categoria mesma de *contos*. Para mim, o conto está para a prosa assim como o soneto para a poesia. Ambos devem procurar a concisão e fechar seu significado na última linha ou no último verso. Tentei."

Começo por "não há *donos*", expressão que nos faz pensar sobre a escritura e a vida. Patamares que, muitas vezes, são vistos separadamente, mas que o autor acolhe em um único cesto em belíssima semiose. Sinto que a linguagem não tem dono, pois agora ela está em minhas mãos de leitor ao mesmo tempo que sinto o autor. O autor é Max Araripe e o leitor é você/eu, que está aqui agora tocando a escritura. Conheço o autor, o sinto como enunciador sendo leitor. Como separar essas dimensões se as percorro no momento de minha leitura? Talvez aí a beleza e qualidade da obra que nos permite ao sensível, que nos permite perceber que linguajar não é falar *sobre* a vida, mas falar *em* vida. E, na medida em que autor, leitor e linguagem misturam-se *em* vida, não há donos.

São *histórias* que percorro, e não apenas *estórias* contadas. Na *história* o leitor vive, transforma a escritura das *estórias* do cotidiano com seu próprio arado de vida; escolhe os dados do arquivo contado e os vai transformando; agora o caminho é seu, leitor. Como diz o filósofo Jacques Derrida, a linguagem caminha em movimento bustrofédico, da direita para esquerda ininterruptamente, no qual o arado do sujeito vai agitando os significados. É o que o autor faz: constrói um arado de escritura em que o leitor desliza, esquadrinha os sentidos do cotidiano. Embaralha-nos nos jogos de vida, jogos que vivemos a cada dia e que muitas vezes não percebemos o movimento de seus sentidos. Na obra de Max Araripe, emerge *"o deus das pequenas coisas"*, no qual miudezas rotineiras acolhem grandes coisas. Max nos oferece o telescópio do sensível, pois da pequenez concreta da vida nos eleva à expansão do patêmico.

São *contos*, por que não? Qual a função de negar e afirmar gêneros literários? A relação entre visão de mundo e forma artística está preenchida, pois ao escrever sobre a vida, Max transporta o leitor do inteligível para o sensível. Ao dizer *que "o conto está para a prosa assim como o soneto para a poesia"*, eu ousaria completar sobre o movimento de sua escritura, sem nenhuma invocação a rigores conceituais: sua obra são contos, que constroem poesias da vida cotidiana. Só discordo quando fala, humildemente, de sua busca da *"concisão e do fechamento do significado"*. Significo *"concisão e fechamento de significado"* como rigor de escrita e estética, preenchido pelo autor, afirmação que se auto-renega – que bom! –, pois o autor abre a significação para a vida, mostra ao leitor que o cotidiano não são apenas estórias. O leitor participa com risos da *"barata que não tem marido"*, ri com o *"doberman da minha vida"*, chora com a *"a vida que encontrou uma forma de sobreviver"* e ri e chora com *"a morte e seu sistema de quotas"*. São miudezas, para alguns pequenas coisas, mas que nos mergulham na imensidão do sensível. O leitor viaja no humor do cotidiano, no tempo da amizade, no tempo da convivência, no tempo do esquecimento, enfim, mergulha na escritura de mundo.

Talvez o leitor ache essa apresentação voltada para o *pathos* e pouco para o *logos*. Aceito a prerrogativa de uma leitora, e aqui escritora, incendiária, mas a leitura da obra *Histórias sem dono* nos leva a esse patamar, pois constrói o cotidiano não apenas na exterioridade de sua estória, mas na epifania de seus significados. Derrida ainda nos inspira para mostrar que *"a exterioridade do significante é a exterioridade da escritura*", que expulsa para fora o significado do sensível. E ainda nos ajuda o filósofo ao apontar que *"o literário não teria nenhuma especificidade: quando muito a de um infeliz negativo do poético"* se não usasse o arado da escritura para revolver o sensível do leitor. Max Araripe nos oferece o sensível em sua escrita, na beleza do abraço que constrói entre significantes e significados. Só me resta desejar a meu/minha companheiro(a) de leitura uma aradura proveitosa de sentidos em sua viagem.

São Paulo, julho de 2004
Dina Maria Martins Ferreira
Pós-doutora em Lingüística pela Universidade Estadual de Campinas/UNICAMP, São Paulo
Doutora em Lingüística pela Universidade Federal do Rio de Janeiro/UFRJ
Docente na Universidade Presbiteriana Mackenzie, São Paulo

Prólogo

Foi um amigo, Oscar Peixoto, ledor de *Linguagem sobre sexo no Brasil,* que me instigou a escrever algo que resultou em *Histórias sem dono*. As razões de Oscar Peixoto, filósofo nato e professor vocacional, a lingüista Dina Ferreira as transcreveu na apresentação deste livro. Repeti-las seria um excesso. Portanto, devo ao voto de confiança de um amigo o ânimo para a feitura de *Histórias sem dono,* histórias que têm como ponto de partida, todas elas, um fato concreto, um dado de realidade, em torno do qual se construiu o imaginário.

O que existe de mais curioso nessas histórias é que no geral o verossímil é produto da imaginação, e o inverossímil quase sempre é a realidade. Os nomes próprios distribuí-os quase ao acaso. Quase. Mas quê é quê, assim como quem é quem, não o revelo, e este é um segredo que manterei guardado.

Os contos – creio que, à luz da teoria literária, *Histórias sem dono* são mesmo contos – seguem a ordem em que foram cometidos. Todos me são caros e, uns mais outros menos, nasceram todos do meu entorno próximo ou remoto. Como o disse Gabriel García Márquez, "*A essência da literatura é contar histórias. E nenhuma ficção é totalmente inventada, é sempre a elaboração de experiências.*" Tem razão.

***

A dama e as flores

Naquele tempo, a nossa empresa mantinha os seus gerentes num treinamento de longo prazo, em hotéis escolhidos a dedo. Reuníamo-nos de dois em dois meses, longe do trabalho, da casa e da família, para cumprir módulos de uma semana pelos quais se distribuíam os temas programados para as diferentes turmas. Naquela semana, a minha turma estava às voltas com a matemática financeira, para alegria de uns e desespero de outros. Ficávamos ligados ao tema durante as manhãs e as tardes, e aos colegas durante a noite. Dormíamos nos ligeiros intervalos entre a confraternização noturna, muito longa, e o café da manhã, muito cedo, e, por isso mesmo, de olhos abertos durante algumas aulas.

Esse curso apresentava algo inusitado. Nosso professor, engenheiro Augusto Monteiro, levara sua mulher, dona Alice, para o Hotel Alpina, em Teresópolis, onde ministrava o curso. Curso duríssimo para os gerentes de formação não matemática, mas levado com inteligência, fino humor e muita psicologia por parte do nosso mestre.

Usava e abusava o nosso mestre, português de boa cepa, do método socrático. Com perguntas bem feitas e oportunas arrancava-nos o que não sabíamos e batizava com o nome do autor a 'descoberta' porventura feita. E sempre que se referia à 'descoberta' referia-se também ao autor. Assim, todos tínhamos uma fórmula ou uma equação com o próprio nome, o que envaidecia a cada um, e, ao menos por uma semana, nos sentíamos todos responsáveis em parte pelo estágio atual de desenvolvimento da matemática financeira. Um chaveiro preso ao cinto, do qual pendiam muitas e pesadas chaves, era uma nota intrigante e destoante da fisionomia e espírito sempre abertos do mestre. Nunca nos disse nem lhe perguntamos sobre a razão de tantas chaves.

Além do mais, não só de chaves, matemática e finanças vivia o professor Monteiro. Humanista dos mais completos, estava ali para quem quisesse usufruir de sua modesta sabedoria de vida. A sua cultura incluía o bem comer e o bem beber. O mestre tornou-se nosso companheiro da noite, a princípio por cortesia, depois por necessidade nossa. À mesa mantinha sempre a palavra agradável e a sugestão exata, e ninguém se arrependia de ouvi-lo sobre o que pensava, muito menos de segui-lo no que comia e bebia. Era um grande companheiro, mas permanecia à noite, mesmo sem o querer, o mestre que fora durante o dia.

Dona Alice, como não poderia deixar de ser, nos acompanhava. Ao contrário do professor Monteiro, homem corpulento, dona Alice era uma figura frágil e quieta, mas, como o marido, atenciosa e atenta a tudo e a todos. Um sorriso leve e solícito encobria a sua acuidade. Mal disfarçava sua admiração pelo professor e deixava-se seduzir pela permanente gentileza que a ele inspirava. Quando negociavam a escolha do prato, enternecia-se com as sugestões carinhosas do companheiro e retribuía, com conhecimento de causa e recatada modéstia, a assessoria gastronômica recebida. O fato é que a escolha final de cada um tinha o toque do outro. E ambos sentiam-se livres na mútua dependência, porque o outro era a ratificação de si próprio.

O entrosamento do casal com a turma não foi isenta de alguns sustos e uns poucos percalços, porque um *pequepê!* mais distraído aqui, outro mais entusiasmado ali, impunham um clima temerário à aculturação do professor Monteiro e de dona Alice, e sua integração ao grupo masculino que alegrava as noites de Teresópolis. Ambos, no entanto, sabiam relevar, com elegante bonomia, as irreverências do grupo. Grupo masculino, já se disse, e não cabe como parêntese nessa narrativa destrinçar as razões sociológicas do possível machismo gerencial da nossa empresa. Éramos muitos, mais de vinte homens, e uma só dona Alice, o quanto bastava. Havia até um candidato a malvadeza-durão, que, pelo semblante desassombrado e a semelhança física com o original, ganhara desde logo o apelido de John Wayne. Incorporara o dublê o melhor dos sestros do dublado e, assim, caminhava sempre cambado, os quadris desabados, os braços virados para trás, pronto a sacar armas improváveis, fitando-nos a todos com o sorriso torcido e a condescendência que se tem para com seres magnanimamente poupados e preservados no molho da vida.

Um homem bom, o nosso John Wayne, e rude embora, não lhe passou despercebido o caráter singular de dona Alice e a gentil sutileza de que se valera a natureza para forjá-la. *"Vou me sentar ao lado da Alice"*, segredou-me em voz alta. *"Alice, vou me sentar a seu lado!"*, bradou, levantou-se e balançou-se com a insegurança de trinta chopes. Dona Alice, ignorando o teor da ameaça, ajeitou a cadeira ao lado a tempo de nela deixar-se cair o desbalanceado John. A conversa, que começou com frases curtas e, por parte de John Wayne, uma oitava acima do convencional, foi tomando rumo e tons inaudíveis para o ouvido humano circunstante. John falava e dona Alice, atenta, escutava e ponderava. Quando dona Alice discorria, ao John seduzia. Foi assim até que se deram, mútua e reciprocamente, o dito e o ouvido por terminados. Dona Alice, por poucos segundos, segurou as mãos do John com as duas mãos, soltou-as e, com duas palmadinhas no dorso de uma delas, liberou-o. Levantou-se o John, bem mais seguro do que quando sentou, e, olhos brilhantes e fixos de álcool e emoção, bradou no meu ouvido, de passagem, querendo sussurrar:

"*Um barato, a Alice. Um barato.*" Naquele momento, não havia armas a sacar.

Não há bem que sempre dure, nem mal que não se acabe. Ou Não há mal que sempre dure, nem bem que não se acabe. Sempre tive dúvida quanto ao início e fim desse ditado. Para todos os efeitos práticos, acabaram-se a matemática financeira e a terna convivência com os Monteiro. Sábado pela manhã, curso encerrado, hora de voltar, José Fernando, amigo e companheiro de trabalho, perito nos ofícios e artes da alta cavalaria, consultou-me, e mais sugeriu que consultou, sobre a conveniência de presentearmos dona Alice com um buquê de flores. Procurar um florista foi uma boa idéia que veio tarde. Não havia uma só floricultura aberta em Teresópolis, bem antes do meio-dia. Seria uma grande frustração para ambos, se os dois cérebros perversos não deparassem com a avenida de pequenas flores que ornavam a parte frontal do hotel, em plano ligeiramente abaixo da recepção, mas à vista e sob controle do recepcionista. Como pistons sincronizados, abaixávamos para apanhar as flores quando ele se curvava sobre o balcão e levantávamos quando ele erguia a cabeça para atender a um hóspede.

Finda a nossa coleta e confeccionado o buquê pelo José Fernando, subimos ao apartamento do casal e tocamos a campainha. O intervalo de alguns segundos entre o toque e a abertura da porta deu-nos a breve sensação de que poderíamos estar sendo inconvenientes. Surgiu-nos o professor Monteiro com ares de azáfama, em meio a malas por fazer e mulher por atender. Nada falou até que falássemos. Dissemos a que vínhamos, José Fernando e eu, como num jogral bem ensaiado. Demos as nossas razões e pedimos desculpa pela solução encontrada. A certa distância, dona Alice observava, com a atenção de sempre, a breve conferência. Visto o buquê, sentiu-se à vontade para aproximar-se, embora a passos lentos o suficiente para dar-nos tempo de evitar qualquer constrangimento, se fosse o caso. "*Flores, Alice. Eles as trouxeram para você. Flores, como você gosta! E eles mesmos as colheram!*" Pediu o professor Monteiro que entrássemos e esperássemos um momento, enquanto conduzia dona Alice, que já abraçava as flores, para outro cômodo do apartamento. Mal protestamos, porque também tínhamos de desocupar os nossos apartamentos, e já voltava o professor Monteiro. Pegou-nos a cada um pelo braço e disse: "*Vocês não sabem o que fizeram! Vocês atingiram Alice no seu ponto mais fraco. Ela não vai esquecer.*" Em seguida, com os braços cruzados sobre o colo, como se dissesse que nos abraçava, ressurgiu dona Alice, agradecendo a lembrança e prometendo que cuidaria das flores tão logo chegasse ao Rio. Os dois nos olhavam mais do que falavam. Não sei o que mais os surpreendeu, se as flores ou se o delito.

*

Poucas semanas depois, encontramo-nos o professor Monteiro e eu, em horas de almoço para ele e de cortar cabelo para mim, perto do meu trabalho, na avenida Calógeras. "*Meu escritório fica ali...*", disse, apontando vagamente para um prédio em frente, "*... e é provável que já tenhamos passado um pelo outro um sem-número de vezes. Mas não nos conhecíamos.*" Dito o quê, entregou-me um cartão de engenheiro consultor. Lembrei-me então da observação que me fizera um médico amigo, quando com ele comentei que me considerava cego diante de radiografias: *"Só vemos o que conhecemos, e, ao contrário do que muita gente pensa, não conhecemos porque vemos."* E dado que agora nos conhecíamos, o professor Monteiro e eu, passamos a nos ver mais amiúde e a nos conceder sempre alguns minutos de conversa leve e agradável sobre temas do cotidiano. Precedia a despedida a promessa sempre renovada de um almoço a três, ele, José Fernando e eu, e de cujas providências eu ficara encarregado, logo após a primeira promessa. Dia após dia, jurava a mim mesmo que no dia seguinte eu faria os primeiros contatos para a coordenação desse almoço, mas ficava nas juras. Acresceu à minha omissão um fato complicador: José Fernando e eu, tempos depois, já não trabalhávamos na mesma empresa, e as tentativas de se chegar a uma data conciliatória, se de minha parte chegassem a tanto, teriam sido bem mais trabalhosas.

*

Vida que passa, sumiu-se o professor Monteiro, e de intrigado passei a triste, pois já o havia incorporado afetivamente a minha rotina e sentia sua ausência, na esquina de Calógeras com Presidente Wilson, como perda. No entanto, *não há bem que sempre dure...*, e não havendo professor Monteiro antes, nada mais de acordo com a natureza fugaz de todas as coisas que não houvesse professor Monteiro depois. Esse conformismo veio em doses homeopáticas de ansiedade e sucedeu alguma luta interior em que eu olhava para o cartão, pousava o olhar ou a mão sobre o telefone e não tomava qualquer iniciativa. Imaginava o professor às voltas com seus projetos de consultoria, com o preparo de suas aulas, com a tensão de suas reuniões importantes, quem sabe, e a largar tudo isso para me dizer que ia bem, obrigado, e que almoçaria sim, no dia em que ele, o José Fernando e eu também pudéssemos. Então pensava eu em como coordenar todos os interesses e optava por deixar a angústia para o dia seguinte.

... nem mal que não se acabe. Num belo dia, haviam passado muitos meses ou poucos anos, não sei bem, deparo com o professor. Num só momento, minha alegria incontida ganhou contornos de preocupação. Vinha lento o mestre, o olhar mais cansado do que me habituara a ver. Esboçou um sorriso remoto a modo de não precisar falar, mas não me negou ainda assim algumas breves gentilezas, buscando embora, por economia de esforço, encurtar as palavras. Surpreso com o encontro inesperado, quebrado na euforia e confuso com a imagem presente que não combinava com a imagem do pouco tempo passado, ocorreu-me lembrar o almoço nunca agendado. *"Amigo..."*, disse-me em tom condescendente, *"... sou agora um homem chegado a dietas rigorosas, sem direito a comemorações."* Falou-me então dos sérios problemas cardíacos que vinha enfrentando, dos tratamentos paliativos a que se submetia e das falsas esperanças com que os médicos pensavam enganá-lo. Não, não era caso de cirurgia. *"Mas não deixe de me procurar no escritório. Leve o José Fernando e vamos falar de outros tempos bebendo água mineral."* Ia despedir-se, mas deteve-se, apoiando-se em meu braço: *"Sabe? Alice nunca jogou fora as flores que vocês lhe deram. Quando secaram, ela as espalhou por muitos livros. Aquele dia é inesquecível. Vocês a conquistaram. Bem, estou aguardando. Telefone e leve o José Fernando."* Não. Não fui, não telefonei, não convidei e nem levei o José Fernando. E a cada dia aumentava o meu bloqueio, e junto com ele o meu sofrimento por não saber lidar com o caso. Nunca me perguntei o porquê, mas ainda dessa vez não consegui tomar a iniciativa.

Foram muitos os anos passados até que no cruzamento das ruas Visconde de Pirajá e Aníbal de Mendonça, sinal aberto para os pedestres, dei de frente com o casal Monteiro. Ele de bermudão branco, tênis branco, boné branco e camisa branca. Olhar sofrido e reflexivo, alheio ao burburinho a sua frente, lembro-me bem, parecia ignorar onde pisava. Ela, menos esportiva, de saia um tanto longa, sapato fechado e blusa abotoada até ao pescoço. Só pode ter sido o contraste que me fez notar e guardar os detalhes. Seguiam de braços dados, a passos lentos, curtos e coordenados. Não me viram ou não me reconheceram. Dá no mesmo. Só vemos o que conhecemos, ou o que reconhecemos, como já havia aprendido. Naqueles poucos segundos tornei-me num vulcão introvertido de silenciosa erupção. Então a nossa história estava em aberto, pensei. Ali e agora era eu o autor. Se me voltasse e lhes falasse, o roteiro seria reescrito. Que rumo viria a tomar esse roteiro seria literalmente outra história. *Não há mal que sempre dure, nem bem que não se acabe.* De alguma forma, o círculo sempre se fecha. Não, o que tivesse de ser, malgrado eu, seria. Não me sentia com direito de intervir no *script*. Para o bem ou para o mal, não seria eu o dono dessa história. Passei também reto e, para melhor observá-los, também a passos lentos. Do outro lado da rua, virei-me mais uma vez, a tempo de notar que dona Alice inclinava-se sobre o professor Monteiro como quem procurava apoio, mas na verdade apoiando. Colocando um pouco à frente o braço dado ao professor, parecia ser conduzida, mas na verdade conduzia. Com recato, mas conduzia, fingindo ser conduzida, talvez no último ato de amor e cumplicidade entre os dois de que eu seria testemunha. Talvez. Não sabia se este seria o último ato e se logo baixaria o pano. Pena que o José Fernando ali não estivesse. Nem o nosso John Wayne, para dizer: *"Um barato, a Alice. Um barato."*

Durante mais alguns anos, fiz e refiz meu trajeto quase diário, em que cruzava a Visconde de Pirajá na altura da Aníbal de Mendonça, sempre pensando naquele remoto encontro com o casal Monteiro. Num fim de tarde, levei um susto. Na calçada oposta, caminhando lento e repousado, mas a passos firmes, olhar atento e bengala sem função, ou melhor, funcionando como elegante adereço de mão, o professor Augusto Monteiro me via e me aguardava: *"Há quanto tempo..."*, disse. *"Há quanto tempo..."*, respondi. *"Que anda você fazendo?"*, perguntou-me por perguntar. *"Um livro"*, respondi. *"Sobre o quê?"*, e aí já havia interesse na pergunta. *"Nada de parecido com números e fórmulas, pode o meu professor sossegar. Vou contar histórias."* Conversamos por uns bons minutos, o suficiente para o professor falar do seu projeto em andamento: *"Pois o meu vai tratar de números, começando lá debaixo!"* E, com a mão livre, apontou para o chão. Lembrei-me da sua habilidade em lidar com o método indutivo, em como me levou a *"descobrir"* a fórmula básica da matemática financeira, em como me passou a idéia de que números podem ser tão aprazíveis quanto palavras, ao menos quando fosse ele o mestre. Combinamos que um convidaria o outro para os lançamentos dos seus livros, trocamos endereços e... surpresa. Morávamos em prédios vizinhos, lado a lado, na Barão da Torre. Olhamos novamente, um para o cartão do outro, e nos rimos em dois contidos sorrisos. Comentei que ele parecia vender saúde. *"Operei-me, meu caro, e minha vida mudou."* Afinal, a cirurgia tinha sido possível. Com o dedo médio, indicou o campo em que vencera sua maior batalha, o próprio peito.

Regalei-me com a boa nova e pensei logo em Dª Alice, ali tão perto, por todos esses longos anos. Agora, seria fácil vê-la: *"E Dª Alice, professor, como vai?"* Olhou-me com olhar duro e terno, magoado e contrito, tudo ao mesmo tempo. Piscou os olhos logo úmidos e avermelhados, e apenas disse: *"Não está mais conosco, meu caro."* Apontou-me então o cabo da bengala para a barriga, como que a cutucar-me o umbigo a distancia, e completou: *"Mas as flores, aquelas flores, ainda estão conosco."* Disse e afastou-se em passos lentos e firmes, compassando-os à bengala sem olhar para trás, deixando a dúvida se falara em sentido figurado ou não, e a certeza de que, no professor Monteiro, a vida encontrara uma forma de sobreviver.

***

Um velho amigo

Nos meus tempos de estudante na Faculdade Nacional de Direito, na Praça da República, era um prestimoso bedel o meu amigo Moacir, que tinha, em meio a outros afazeres administrativos, a obrigação de colher a assinatura dos alunos presentes a cada uma das aulas do dia. Ia o pobre do Moacir, carteira por carteira, aluno por aluno, com o livro de presença aberto para que se fizessem registros sem vida a fim de se compor o arquivo morto do ano seguinte. Era um trabalho cansativo de total inutilidade, porque, inexistindo até recentemente a obrigatoriedade da presença, a cultura vigente era a memória da cultura antiga, ou seja, a de total desprezo pelo que mestres e discípulos consideravam mesquinho procedimento de liturgia protocolar. Quanto a mestres, nem todos, diga-se a bem da verdade. E exemplo digno das exceções era dado pelo meu professor de Direito do Trabalho, Evaristo de Moraes Filho, que foi tomado da fúria dos justos quando a ele me apresentei como seu aluno, no final do ano letivo. Pôs-se de pé e bradou a todos os ventos que alunos desconhecidos ele os tratava a pão e água, e ai daquele que não soubesse ao menos 70% da matéria, pois voltaria no ano seguinte, e mais outros se necessário, até que mostrasse um saber inversamente proporcional a sua freqüência à sala de aula. E por conta desse critério espremeu-me por mais de 40 minutos, após os quais sentenciou que seria melhor que eu me fosse, e rápido, pois ficara em dúvida sobre os exigidos 70%, e sua vontade era me reprovar. E me fui antes que o irado mestre passasse da dúvida à certeza. Voltando à vaca fria, fiquei amigo do Moacir, como tributo a sua perseverante determinação e devoção ao nada.

*

Por esse tempo, fazia um brilhareco na radiofonia esportiva nacional um locutor e comentarista da Rádio Mauá chamado Orlando Batista ou Baptista, com pê, como frisava, do qual adviria um Orlando Batista ou Baptista Filho, também locutor e comentarista esportivo, não com igual prestígio do pai. Orlando Baptista, o primeiro, era uma potência vocal indignada a serviço da preservação dos melhores princípios futebolísticos, sempre ameaçados por juízes ladrões, cartolas corruptos e alguns poucos, é verdade, jogadores mercenários. Não sei exatamente o porquê, mas me deixava levar, e de certo modo enlevar, pelas hipócritas virtudes cívicas do nosso bom Orlando, que, além de radialista, vinha fazendo incursões pela televisão em resenhas esportivas, como comentarista de futebol, sempre com desassombro e tonitruância.

*

Pois bem, e daí?, onde se cruzam os destinos do Moacir e do Orlando Baptista, o bedel aplicado e o locutor indignado? Pois bem. Deixara eu o meu fusca no estacionamento do Posto Esso, ao lado do Museu de Arte Moderna, no Aterro do Flamengo, e me pusera em direção à passarela que me levaria à calçada da Avenida Beira-Mar, defronte ao Edifício Novo Mundo, quando, passando em frente ao Museu, eis que deparo com o Moacir, luzente em seu negrume bem tratado, engravatado, jaquetão abotoado, em atitude de segurança perante sua viatura de um também cuidado preto luzidio. "*Moacir, meu velho, há quanto tempo...*", disse ao sacudir o velho Moacir, que permanecia estatuado e tenso, não obstante o sorriso amarelo com que se permitia retribuir ao meu efusivo cumprimento. E como nisto ficamos, fui-me desconcertado em busca da passarela, meditando sobre as misérias que o passar do tempo acarreta às amizades relaxadas ao rigor do destino. E lá chegando, deitei um último olhar ao amigo recém-perdido e, ao que parecia, mal mumificado, pois ainda respirava num resfolego. Grande Moacir, que, apesar de tudo, me parecia mais ancho e, mesmo, mais alto. Mais ancho, tudo bem. Mas como mais alto? Olhei atento para a figura muda e queda, que já não me pareceu tão Moacir. Não tão Moacir... Um calafrio percorreu-me a coluna, da glote ao cóccix. Deuses do mal, potestades do inferno, por que me levastes a tão vexatória ilusão? Claro que NÃO ERA O MOACIR, concluí num clarão de lucidez. E como a miséria era pouca, lembrei-me dos meus papéis que deixara no carro. E agora? Via-me em desconfortável dilema: ia-me embora sem os precisados papéis ou retornava ao carro ignorando o impostor que tomara pelo Moacir? Dignidade, um mínimo de dignidade foi o que então pedi a mim mesmo. Voltaria ao carro, não sem antes dar as explicações devidas ao Moacir, digo, a quem fosse lá quem fosse. Ensaiei em voz baixa e, ao chegar à vítima, a fala já estava pronta: *"Meu prezado, mil perdões. Tenho um amigo extremamente parecido com o senhor. É a sua cara, se me permite a liberdade. E de tanto ver o senhor na televisão, e de ouvi-lo no rádio, o senhor me pareceu íntimo, e de tão íntimo pareceu-me ser o meu amigo."* Pronto, o pensado estava dito e eu me senti orgulhoso de mim mesmo.

*

Tomado de purificadora euforia, voltei à passarela, pois era mais do que tempo de trabalhar. E chegando a ela, a passarela, voltei a cabeça para o prazer de olhar a um reconfortado Orlando

Batista, ou Baptista, certamente feliz de ser reconhecido fora do seu habitual *métier*. Que fazia, porém, nosso Orlando Baptista, de jaquetão preto, ao lado de um carro preto com chapa oficial, como eu acabava de reparar? Qual seria o salário de um locutor-comentador esportivo da Rádio Mauá? Poderia não ser dos melhores no mercado, mas daí a se trocar um emprego de *status* como esse pelo de motorista chapa-branca de algum Ministério sem verba era coisa sem sentido. Não me parecia o proceder a se esperar do afamado Orlando Baptista. E só por isso o Orlando Baptista me parecia menos Orlando Baptista. Só por isso, não. O Orlando já não me parecia tão Orlando também porque se deixara engordar além do razoável, a ponto de estar muito mais baixo do que realmente era. Muito mais gordo, vá lá. Mas como muito mais baixo? Isto era uma impossibilidade física, salvo pela hipótese meramente hipotética de não se tratar do... Meu Deus, NÃO ERA O ORLANDO BAPTISTA. Gordo, baixo, motorista chapa-branca... e agora aqueles enormes olhos esbugalhados fora de órbita, prestes a caírem sobre o lábio inferior pendido de pânico. Aqueles enormes olhos de jacaré à espera do tiro fatal, sem ânimo e coragem para correr, senão pelo imprevisto de novo e improvável susto, embora sustos não os possa haver tantos para o mesmo dia. E deu-se o impasse, pois me lembrei de que os papéis continuavam a me esperar no carro. E ficamos ambos a aguardar, um a iniciativa do outro, e o outro a iniciativa do um, para melhor definirmos um e outro a estratégia do próximo passo. Ocorreu-me que adotar um andar lento e distraído, e um olhar pousado de cata-peixinhos sobre o pequeno lago a minha esquerda seria atitude a ser decodificada pelo embusteiro Baptista como proposta de paz e entrega dos pontos. Escorregaria assim até ao carro e apanharia os meus papéis, com ar leso, sem chamar atenção. Dei o primeiro passo e foi o suficiente para que o pseudobaptista, como se chuchado por um raio, com os seus dois olhos bem arregalados, fechasse a porta do carro, arrebanhasse as vísceras sobre passos apressados, procurasse abotoar o jaquetão adrede abotoado e se sumisse MAM adentro. Menos mal, porque lá dentro, em exposição ao público, menos assustadoras se encontravam as carrancas do Rio São Francisco, atrás das quais certamente se escondeu e ainda se esconde a memória do amigo perdido no tempo e, ao que sei agora, morto.

***

Maria do Rosário

Aquela voz encheu a casa de alegria e de risos. Era um contínuo sem ponto e vírgulas, como um jorro de cascata que viesse da sala de visitas. Desci do meu quarto, que ficava no segundo andar, e procurei a fonte. Meu Flamengo, o doberman da minha vida, desceu comigo. Fiquei parado no corredor, entre a escada e a sala, para ouvir sem ser visto. Foi uma decisão não premeditada, a de parar no corredor. Quis prolongar por instantes o bem-estar instalado no meu coração por aquele vozerio, pois já ouvia outras vozes. Pelo que pude entender, era Maria do Rosário, amiga de minha cunhada e de meu irmão mais velho, que viera visitá-los. O alarido denunciava que não se viam havia muito tempo, e que, por isso mesmo, o prazer era grande. O Flamengo, até então colado às minhas pernas, desgrudou-se e, rápido, foi ajudar a fazer as honras da casa. À vista do Flamengo, novos gritos vieram da sala, agora de surpresa e susto, e eu, também surpreso e assustado, dei meia volta e subi as escadas correndo para me refugiar no quarto, de onde, pensava, não deveria ter saído, até porque não fora convidado para o festivo encontro.

Voltei ao meu mundo, um mundo um tanto diferente do mundo dos outros meninos, meus amigos do Jardim Botânico. Empinava mal papagaios, não conseguia rodar piões, muito menos pegá-los na unha, jogava mal bolas de gude e fui excluído de um campeonato de boxe por falta de espírito esportivo. Respeitado no futebol de rua e no futebol de botões, no mais era um fracasso retumbante na categoria moleque-de-rua. Criança calada e introvertida, só falava quando estava sozinho e me sentia muito bem quando estava comigo mesmo. No terraço, cercado por uma tela resistente, improvisara com arame duas cestas de basquete, e ali convivia, em minha fantasia, com Algodão, Alfredo e Godinho, astros do basquetebol rubro-negro, com quem trocava passes e arremessos de curta e longa distância, de uma a outra cesta. Supina incompetência. Também no terraço, treinava meus reflexos para o futebol, atirando a bola contra a mureta e defendendo-a na volta. No meu quarto, transmitia em voz alta os jogos do meu campeonato de futebol de botões, em que eu jogava por todos os times, fazendo comentários técnicos sobre o desempenho das equipes e dos craques, e anunciando produtos de alta qualidade em repetidos comerciais. *"Pixurim, pixurim, pixurim é o melhor para o seu pixaim"*, ou *"sabonete caco de telha, para moça e para velha, de noite e de dia, deixa a pele lisa e macia"*. Tinha também um vasto repertório de anúncios para curar diarréias e prisões de ventre, nos quais utilizava a sonoplastia como instrumento de fundamental importância no processo de convencimento do respeitável público ouvinte. Os botões tinham nomes de craques consagrados, lutadores de boxe, heróis da história nacional e, à medida que mudava de série no colégio, também da história universal. Até mesmo um costureiro francês, internacionalmente famoso à época, Jacques Fath, teve lugar garantido na galeria dos meus supercraques de botões. Era um grande e sólido goleiro, feito de chumbo derretido em lata de cera e derramado na caixa de fósforos que lhe deu a forma. Quando depois vi pela primeira vez a fotografia do costureiro, concluí que não pegara bem o espírito da coisa, mas era tarde. Montezuma e Pirilo foram meus goleadores inesquecíveis. Tim e Patesko, uma ala esquerda cujos originais sequer vi jogarem. Do Congato, ponta direita de muitas virtudes, não me lembra a razão do nome. Zizinho, único e verdadeiro ídolo da minha infância, habitava sozinho uma lata de biscoitos Maria, cercado de algodão por todos os lados, para que não sofresse dano. Já adulto, ouvi, com emoção e saudade, Pelé confessar que Zizinho era o seu ídolo de todos os tempos. Não precisava de companhia para ser feliz. Já se vê que Maria do Rosário, quando retornei ao quarto, fora uma voz que entrara por um ouvido e saíra pelo outro.

Também falava sozinho, sempre em voz alta, no escritório de meu pai, quando estudava as lições diárias de História, Francês e Matemática, que o velho passava e tomava nos finais de tarde. Antes de adquirir coragem e enfrentar meu pai, repassava as lições ora com sotaque espanhol, ora com sotaque do português de Portugal, ora como um francês sofisticado, ora ainda como um alemão recém-chegado ao país. Era um ensaio geral e teatral para a prestação de contas. Às vezes exagerava tanto que meu pai tudo ouvia do lado de fora do escritório e sentenciava: *"Dou a lição por sabida. Está livre."* Então eu largava os livros e ia brincar. Num desses dias de ensaio geral, em que um alemão entusiasmado discorria sobre a origem racial do povo brasileiro, as alusões *aos negrras, aos índias e aos porrtuguessas* foram interrompidas por um riso álacre já conhecido, estampado numa boca carnuda, escandalosamente rasgada ao longo do rosto, que deixava à vista duas fieiras de muitos e exagerados dentes, de muita e exagerada brancura.

Fui surpreendido pelas costas. A janela do escritório dava para uma área externa de acesso à garagem, que ficava nos fundos da casa. Perto dessa janela existia uma entrada lateral, mais utilizada do que a entrada principal. Ali, antes de tocar a campainha, Maria do Rosário ouviu-me declamar a lição do dia e decidiu-se pelo efeito surpresa. *"Então peguei você, seu fujão. Venha abrir a porta para mim!"* Lá fui eu, e entre o escritório e essa entrada lateral havia metros bastantes para me deixarem o rosto vermelho e as orelhas roxas de vergonha, se, naquele momento, chegasse a andar tanto. Percebendo os passos de minha cunhada, que, ouvindo a voz de Maria do Rosário, descia a escada para abrir a porta, voltei ao escritório já a meio do caminho. Agora, de frente para a janela, fui mais uma vez surpreendido, porque Maria do Rosário me esperava, tendo adivinhado que eu declinaria da missão de abrir a porta. Sentia o meu rosto congestionado e plasmado em todas as tonalidades do vermelho quando, com o dedo indicador, ela fez sinal para que eu me aproximasse da janela. Como todo menino tímido, tinha horror de me ver em qualquer situação que me expusesse ao ridículo. E me encontrava numa. O Flamengo tinha me deixado na mão mais uma vez. Quando tivera de ficar quieto, não ficara. Agora, totalmente alheio às minhas agonias, continuava a dormir no vão da escrivaninha, onde sempre se enroscava enquanto eu descansava os meus pés durante o estudo. Para me deixar mais envergonhado ainda, Maria do Rosário fez que eu me inclinasse sobre o peitoril, e me beijou as orelhas, que eu sentia arderem, talvez para deixar claro que percebera a minha perturbação. Daí em diante, imóvel, só ouvi as vozes das duas amigas perderem-se casa adentro. Dispensei as personagens auxiliares e, dessa vez sem o auxílio do alemão, do francês, do português e do espanhol, voltei aos livros. Mudo.

Mudo, mas pensativo. Nas aulas de ciências havia aprendido que o ser humano tem trinta e quatro dentes. Maria do Rosário parecia ter sessenta e oito, e deveria tê-los, senão como preencher o enorme vão daquela boca? como produzir a sonoridade daquele riso? como tornar compatíveis seus dentes, a não ser pelo grande número, com a carnosidade dos seus lábios? Não foi das mais brilhantes, naquele dia, minha exposição à seleta platéia constituída de meu pai, sobre as três raças que deram início à formação do povo brasileiro. Mais tarde, Zizinho, Pirilo, Montezuma, Jacques Fath e companhia teriam seu jogo transmitido *"sob o patrocínio de branquiol, o dentifrício que protege os seus dentes, deixando o seu sorriso alvo e brilhante."*

*

Do lado de dentro da casa, queixo encostado aos braços cruzados sobre o portão de entrada, meu pai assistia ao *racha* ou *pelada*, como então já se chamava ao futebol de rua, com suas regras improvisadas de acordo com a conveniência do momento. Rigoroso no seu senso de realidade, nunca estimulou em seus filhos falsas expectativas, qualquer que fosse a natureza das ilusões que cada um tivesse sobre suas potencialidades e habilidades. Certo dia, atento ao excesso de entusiasmo manifestado por minha mãe a meu respeito, chamou-me a um canto, exatamente o seu canto, onde lia, fazia palavras cruzadas, jogava paciência e ouvia música. *"Meu filho, nada disso. Não acredite. Você conhece sua mãe. Você é simplesmente normal, e ser normal já é um milagre da vida."* Assim, assistir ao jogo de futebol do seu filho significava, no seu código interno, aprovação ao que seu filho fazia no campo de jogo. Presente o velho, eu me esmerava. Esse era um daqueles dias. Foi quando senti um beliscão nas costas. Provocação do adversário, na certa, voltei-me querendo briga. Mas era Maria do Rosário, que agora eu via de baixo para cima. Dois olhos negros me fixavam e também sorriam, apenas sorriam, sem gargalhadas. Estremeci. Senti vergonha de estar sujo e suado. Quando procurei atenuar a culpa do estremecimento buscando socorro no olhar de meu pai, ela trouxe meus olhos aos seus novamente, quase num sussurro: *"Ele acabou de entrar."* Deu-me então dois beijos longos, um em cada lado do rosto, mostrando não se importar com o suor salgado que se misturava a sua maquiagem. Depois apertou os lábios, como fazem todas as mulheres para fixar o batom. Pensei: *"Ela bebeu o meu suor, meu Deus, junto com a sujeira da rua."* O pessoal gritava: *"Vem jogar ou não vem, poxa?!"* Fui, mas minha intimidade com a bola, a partir daí e até ao final do jogo, já não era a mesma. Antes de voltar ao jogo, perguntei com uma coragem inusual, que me assustou: *"Você vai almoçar com a gente?"* A gargalhada veio enorme e quase ofensiva: *"Se você quer, almoço."* Deu-me as costas e entrou, fazendo o barulho de sempre. Por que eu fazia tudo errado, na hora errada? Por que havia mostrado o que sentia, a troco de coisa nenhuma? Agora ela faria um escândalo com o meu convite. Sentia-me nu de alma e não estava gostando.

Tomado o meu banho, desci contrafeito à sala de visitas, sem saber o que esperar. Para minha surpresa e talvez secreta decepção, todos ignoraram a mim e ao Flamengo, que ia aonde quer que eu fosse. Pelo que percebia, Maria do Rosário não revelara o meu convite. A pergunta veio da minha cunhada: *"Rosário, fica para almoçar conosco?"* Um olhar de relance em minha direção, um sorriso abortado e a resposta veio insegura: *"Bem... não era minha intenção... eu..."* Fui rápido e espantosamente firme: *"Fique."* Dito o quê, sem olhar para ninguém, saí com o Flamengo para, na saleta que ficava entre a entrada lateral e a escada de acesso ao segundo andar, assistir a um dos programas da mais recente e revolucionária novidade, a televisão. Saí, certo de deixar para trás um pasmado silêncio.

*

    Naquele almoço e em todos os almoços de que, daí em diante, participou Maria do Rosário, cumprimos, ela e eu, o ritual de um código muito nosso. Olhava-a com discrição e assim ficava até que ela levantasse os olhos em minha direção. Então afastava os meus, mas não tão rápido que ela não percebesse que eu a estivera olhando até àquele momento. Sentia então que era a vez de ela me olhar e que ela desviaria os olhos quando eu procurasse encontrar os seus, mas que o faria no tempo certo de se deixar apanhar por uma fração de segundo. Ficava por conta dela a interrupção do jogo, cuja duração variava segundo os limites da conveniência, ditados pelo seu instinto feminino. Fosse qual fosse o número de convidados – e nos fins de semana sempre eram muitos –, Rosário e eu, num ajuste tão tácito quanto o nosso código, sentávamos em posições opostas e, senão frente a frente, ao menos numa diagonal em que um estivesse ao alcance do outro. Quantos quilos de salada, rosbife, carne assada, carne seca, frango assado, lombinho de porco, arroz, farofa e morangos com chantilly terão sido consumidos num processo que, hoje entendo, os psicanalistas chamariam então de transferência de apetites...

Vida que passa, o mundo parecendo arrumado, pronto e acabado, estoura a notícia-bomba: meu irmão, minha cunhada e meus sobrinhos iriam mudar-se para o Humaitá. Era grande nossa casa no Jardim Botânico, muito grande, mas passara o tempo de viver junto aos pais, e meu irmão e família encontraram as mais justas razões para viver a própria vida. Lá se foram e, com eles, os almoços com Maria do Rosário. Nem uma vez sequer voltamos a nos encontrar nos banquetes que eram os almoços de fim de semana na casa de meus pais. Nem jamais a vi na casa de meu irmão. Por algum tempo, tive pensamentos atordoados e saudades difusas, em que ora os lábios, ora os dentes, ora os olhos eram evocados como realidades autônomas e não como partes integrantes do conjunto Maria do Rosário. Eu crescia, no entanto, e outras prioridades sentimentais vieram aos poucos tomar o lugar do fantasma que se esfumaçava passo a passo com a minha infância. Não seria exagero admitir que, ainda na adolescência, esqueci Maria do Rosário.

*

Decorreram cerca de quarenta e cinco anos até que eu voltasse a ouvir falar de Maria do Rosário. Acabava o tempo de minha mãe. Doente, imobilizada em seu quarto de onde não fazia a menor questão de sair, num apartamento da Rua Raul Pompéia, em Copacabana, minha mãe, falando dos pombos que nunca mais pudera alimentar de sua janela, desde que adoecera, mencionou de passagem sua nova e prazerosa ocupação: trocar acenos e sinais outros com a rediviva Maria do Rosário, que estava morando no prédio ao lado e, várias vezes ao dia, surgia à janela para tomar ciência do mundo, pois que outras ocupações e alegrias lhe eram vedadas por força da doença crônica e evolutiva que sua mãe arrastava sem esperança, na mais avançada idade. Falou minha mãe da revolta de Rosário diante da sua nenhuma perspectiva de vida senão o cuidado permanente dedicado a amenizar um sofrimento sem limite e sem data. *"Se você ficar algum tempo à janela, vai vê-la. Ela me pergunta sempre se você costuma vir, e em que dias. Quer lhe dar alguns adeuses, como ela mesma diz."* Perguntei por que as duas não se telefonavam. *"Não há muito o que dizer, meu bichinho. O mundo dela empobreceu. São apenas ela e a mãe. A mãe não fala depois do último derrame. Ela diz que não pode nem ligar a televisão, que incomoda a velha. Cá para nós, a velha poderia ser mais compreensiva, engasgar e morrer de vez. Resolvia o problema dela e da filha."* Achei que não fazia sentido ficar à janela esperando adeuses. Voltei à poltrona, incomodado com a evidência crescente de que passado, presente e futuro não se acertam no jogo da vida.

Passado algum tempo, morre a sobrinha da minha cunhada do Humaitá. Missa rezada num domingo, na Igreja da Ressurreição, em Copacabana. À saída, um grupo de parentes e amigos conversa, tomado da alegria incontida que extravasa nessas ocasiões. Uma senhora recurva e lenta afasta-se do grupo e vem na minha direção. Bem perto, parece buscar confirmação com a minha cunhada e dirige-se a mim antes mesmo de chegar: *"Lembra-se de mim? Maria do Rosário."* Está pequena, muito pequena, e os cabelos estão brancos e ralos. *"Rosário, até que enfim..."*, digo disfarçando o choque. Seus olhos são contas mortiças. *"Engraçado, estou-me lembrando agora de como você me olhava quando era criança..."*, disse-me de um modo direto, sem sutileza, como quem não tinha tempo a perder. *"É mesmo, você percebia?"*, devolvi. Voltávamos a fazer um jogo, agora um jogo de faz de conta. *"Claro que eu percebia."* Ensaiou uma gargalhada, mas saiu um arquejo roufenho. Sua boca, Rosário, o que você fez da sua boca? era o que eu queria perguntar, mas não precisava. Via um cemitério de cruzes pregueadas em torno de um *U* invertido que encerrava dentes presumidos. Rosário continuou: *"Sabe? muita maluquice me passou pela cabeça, só passou, porque eu não era tão maluca. E os amigos? e a família? Que diriam?"* Não me sentia muito à vontade com a extemporaneidade daquela confissão. A urgência pareceu-me incompatível com a evocação de um passado remoto, e mais ainda com o clima de missa de sétimo dia. *"Rosário, esse encontro merece uma comemoração. Há muito o que conversar. Um chope aqui por perto, qualquer dia desses..."* Não completei. Acendeu-me uma luz: *"Sua mãe?"* indaguei. *"A sua mãe não lhe disse? Mamãe morreu há pouco mais de um mês."* Não, mamãe não me dissera. Ou se esquecera ou sentenciara que não era o caso de eu me incomodar com isso. Ri-me por dentro. Mamãe sempre teve os seus critérios. Certa ou errada, nunca a contrariei, nem adiantaria. Afinal, era a minha *mama* nordestina, movida a paixões irremovíveis. *"Rosário, vem ver quem está aqui. Vem logo, mulher!"*, chamou-a a minha cunhada. Levaram-me a Rosário, para meu alívio e meu pesar. Como pôde o tempo fazer da Rosário o que fez? Então a velhice tem de ser essa devastação, essa humilhação? A velhice não pode estar apenas nos cabelos brancos e nas rugas? Não, não é o tempo, deve ser a vida que se leva, os pensamentos que se têm. Por exemplo, o desejo de ver a mãe morta e enterrada. Marcaria o encontro, o chope redentor das minhas dúvidas e do meu estupor. O número do telefone, faltava o número do telefone. Bem, o número, eu o pediria à minha mãe. A pequena multidão se dispersou e eu também me fui, entre confuso e curioso. O encontro não me trouxera a ternura de uma lembrança antiga, embora, passado o choque inicial, me tivesse sido agradável, apesar de tudo, ver e falar com Maria do Rosário. Sem dúvida, na primeira oportunidade, não sei quando, sabendo o número do telefone, eu ligaria para marcarmos o chope, o refrigerante, o sorvete ou o que quer que atentasse menos contra a nossa integridade física, até porque, na dupla, sobrava idade e faltava motivação para outros atentados. O tempo é o tempo – não me ocorreu pensamento mais inteligente –, mas conhecia gente com quem ele fora mais piedoso.

*

As manhãs de domingo, com raras exceções, dedicava-as a minha mãe. Eu chegava e era o quanto bastava para as nervosias de rotina. *"Cadê o café do meu bichinho, minha gente! Essas cunhãs só querem sombra e água fresca. Você vai almoçar comigo, não é, meu filho?!"* As cunhãs não tinham sossego, mas riam da agitação que mamãe provocava. A manhã do domingo seguinte não esteve entre as exceções, salvo pela novidade: *"Meu filho, já lhe disse que Maria do Rosário morreu? Parece que de derrame cerebral, a mesma coisa da mãe. A pobre não chegou a descansar da morte da velha. Quer dizer, descansar, descansar mesmo, está descansando..."* Um tijolo parecia haver caído sobre a minha cabeça. Maria do Rosário se fora. Nem mais quarenta e cinco anos a trariam de volta. Nunca mais o cemitério de cruzes pregueadas em torno de uma boca em *U* invertido, menos ainda os lábios carnudos e aquele exagero de dentes brancos. Nunca mais os cabelos brancos e ralos, menos ainda os cabelos negros e fartos que um dia encimaram olhos também negros e vivos, em vez de contas mortiças que também nunca mais. E o nariz? Sim, como era o nariz de Maria do Rosário? Como era antes e como era depois? Como era possível que eu não tivesse a menor idéia de como era antes e de como ficara depois o nariz daquele rosto tão significativo? *"Meu filho, você está no mundo da lua? Eu disse que Maria do Rosário..."* Só então eu falei: *"Ouvi, mãe, ouvi. Sinto... e muito."* Sentia. Sentia e estava triste. Mas como era mesmo o nariz de Maria do Rosário?

***

Jesus

Era uma rua sossegada, a minha pequena rua. Arborizada e sem saída, era um mundinho com suas alegrias, suas festas, suas tristezas e seus dramas insuspeitados. Acabava num morro com bananeiras, mamoeiros e amoreiras. Lembro-me bem de que não havia pitangueiras, que, na minha vida, fazem parte de outros tempos, ainda mais remotos, e de outras histórias. Também não havia jambeiros, mas os jambos, do tipo vermelho, nós os furtávamos da casa de um ilustre psiquiatra, de cujo renome mal desconfiávamos. Para nós, era apenas um involuntário e, por isso mesmo, colérico fornecedor de jambos. Eram cóleras passageiras, na verdade, às quais se seguia o oferecimento de jambos dados de boa vontade, para que não precisássemos furtá-los. Era quando os jambos perdiam a graça e o gosto. Olhando para o morro, a casa do psiquiatra era a última da direita. Mas essa não é a casa que nos interessa nesta história. Interessa-nos a última da esquerda, habitada por um também ilustre brigadeiro, cuja fama de militar importante e influente chegara a nós, crianças do nosso mundinho e adjacências. Raras vezes se via o brigadeiro. Ia e voltava do trabalho de cara amarrada, como se detestasse o que ia fazer na ida e odiasse não poder esquecê-lo na volta. A casa, entre a volta e a nova ida, isto é, quando o brigadeiro estava lá dentro, permanecia fechada, para que o mundo com tudo que tivesse de ruim no seu entorno não o incomodasse.

Nosso vício coletivo era o futebol de rua, numa época em que o moleque de classe média não sabia o que era maconha nem cocaína. Como o limite do campo de jogo era dado pelos muros das casas, estávamos sempre à procura das bolas que caíam nos terrenos vizinhos. Não era do estilo do brigadeiro devolver as bolas que caíam no terreno de sua casa durante as nossas peladas. Enquanto outros moradores da rua xingavam, diziam desaforos e faziam ameaças sobre a próxima vez – e havia aqueles que somente nos pediam para sermos mais cuidadosos –, o brigadeiro dava sumiço nas bolas caídas nos seus domínios. Ali, bola caída era bola perdida. Apesar de todo o nosso cuidado, num belo e radioso dia de domingo – o que tornava o fato mais perigoso, porque um belo e radioso dia, mais grave se domingo, era sempre um mau dia para o humor do nosso brigadeiro –, um chutão mal calculado atirou nossa bola de futebol por cima dos avantajados muros da inexpugnável fortaleza e, pelos nossos rudimentares conhecimentos de balística, no meio de um bem cuidado jardim. Era um grande aborrecimento a perda de mais uma bola, e pior, quando o jogo estava no auge da animação. Súbito, uma esperança. Abre-se o enorme portão de ferro e surge o brigadeiro, sério, muito sério, mas com a bola na mão esquerda. Estávamos todos prontos a suportar um inesquecível sermão, pois parecia que o brigadeiro iria falar pela primeira vez, mas valeria a pena ouvi-lo, se era o preço a pagar pela devolução da bola. O brigadeiro não tem pressa. Olha-nos um a um, como quem pretende gravar na memória, para todo o sempre, os autores do delito. Parece que finalmente vai falar, mas não, apenas mastiga um resto de almoço. Então, lentamente, saboreando cada segundo e cada grão de arroz, leva a mão direita às costas, tira um canivete do bolso traseiro da calça, abre-o com vagar, ensaiando um sorriso de hiena lerda e preguiçosa, e crava-o com deleite, aos poucos, em nossa bola ou em nosso coração, como queiram. O pesado silêncio permitiu que todos ouvissem o chiado da bola que esvaziava. Limpou as mãos uma na outra, atirou-nos a bola murcha e voltou para dentro de casa.

*

Em menos de uma hora o conselho de guerra estava reunido para definir os termos da retaliação. Não precisou de mais de quinze minutos para chegar a uma decisão. Foi escolhido o modelo *blitzkrieg* por ser o único que permitiria o sucesso da retirada das nossas forças após o ataque. Este, a uma voz de comando, buscaria atingir as vidraças expostas no flanco da casa que dava para o morro, e se faria a partir de um pequeno platô que continha o melhor dos nossos pés de árvore. Depois do ataque, a fuga se faria em massa na direção da lagoa, distante uns quinhentos metros, onde, no ponto previamente combinado, dois dos nossos estariam pescando e nos esperando com o material de pesca de cada um de nós.

No dia seguinte pela manhã começamos a catar pedras selecionadas pelo critério que os administradores chamam de custo-benefício. No caso, tinham de ser pesadas o bastante para produzir o melhor efeito, isto é, o maior estrago, mas não tão pesadas que se tornasse difícil carregá-las ou que se corresse o risco de ficarem a meio do trajeto, entre o platô e as vidraças. No fim da tarde a munição era bastante para não deixar intacta uma só vidraça, levados também em conta os possíveis erros de pontaria.

Logo que escureceu, todos a postos, deu-se a fuzilaria. O barulho continuado de vidraças estilhaçando-se não durou mais de trinta segundos, tempo suficiente para que não se poupasse uma só vidraça e para que o grupo se pusesse em fuga rumo à lagoa. Consta que aos poucos, mas somente aos poucos, as luzes da casa se acenderam, o brigadeiro abriu o portão e foi à rua, seguido da mulher, do filho, da nora e dos empregados. Os que então o viram, e não foram poucos, garantem que, estupefacto e apoplético, aí mesmo é que o brigadeiro não falou. Atarantado estava, atarantado ficou, até que alguém lembrou não serem horas de o brigadeiro permanecer na rua. Voltou para casa lentamente, quase que empurrado, como um lutador de boxe sonado que procurasse o seu *corner*. Os empregados, a nora e o filho tiveram de fechar o portão às suas costas.

A notícia da *blitz* se espalhou e, em pouco tempo, pais e mães aguardavam seus filhos para o devido acerto de contas, à entrada de suas casas. Uma avó heterodoxa, espumando de raiva e impaciência, esperava pelo neto com um cabo de vassoura à mão: *"Esse patife hoje me paga."* Mais ou menos uma hora após o ataque, a turma foi chegando aos poucos, trazendo caniços, pão dormido para isca e cestos com alguns bagres, baiacus, mama-reis e outros pequenos peixes, ainda frescos. Pôde-se dizer que a pescaria fora um sucesso. Cada pai engoliu em seco e preferiu acreditar que *meu filho não foi, até porque estava pescando e pode provar.* Um dos nossos foi cínico a ponto de atribuir à turma rival da rua ao lado a iniciativa do ataque, certamente para que a culpa fosse lançada sobre o pessoal do nosso grupo. Coisa indigna a merecer retaliação, essa provocação da turma da rua vizinha. Quem sabe seria o caso de declararmos guerra àqueles covardes?

*

Éramos crianças com um problema sério a resolver. O brigadeiro havia confiscado e depois furado a bola que caíra em seu jardim. Por vingança, merecida vingança, justiça se nos faça, organizamos um ataque e quebramos todas as vidraças laterais de sua casa que davam para o morro, no final da nossa ruazinha sem saída. O bem engendrado álibi de que estávamos todos pescando no momento do ataque não convenceu a vítima, talvez pela perfeição irrefutável do argumento apresentado e das provas exibidas. Caniços, iscas e peixes exclusivos da lagoa, e ainda frescos, configuravam o inacreditável crime perfeito e, por isso mesmo, o denunciavam. A também inacreditável e incrédula avó, ferida em brios e orgulhos ancestrais, comunicara ao neto que a surra estava apenas adiada, mas era certa, ele que não se iludisse. Assim, como voltar às nossas peladas de rua, sem novos traumas?

Demos um tempo, como hoje se diz, e andamos jogando nas areias estreitas da lagoa e nas praças mais próximas. No entanto, estávamos tristes. Nada havia de parecido, de tão íntimo e de tão nosso como a nossa própria rua, de que estávamos afastados. Quando bateu a saudade e subiu a indignação – afinal, só o brigadeiro estava feliz –, criamos coragem e decidimos voltar ao nosso campo de luta, a nossa rua. Encurtamos o campo de jogo, que passou a acabar antes da casa do brigadeiro, e, numa tarde de sábado, na ausência da nossa mais ostensiva autoridade, iniciamos o primeiro *racha* da nova temporada. Em menos de dez minutos, uma rádio-patrulha chegou sem escândalo de sirene, pisca-pisca e outros acessórios audiovisuais com que os policiais costumam transmitir aos bandidos mais perigosos a notícia de que estão chegando e é melhor que eles, bandidos, se vão antes que eles, policiais, cheguem e tenham de correr o risco de prendê-los ou matá-los e, pior do que isso, o contrário.

A rádio-patrulha nem havia parado de todo e já dois policiais desciam de cassetete na mão em busca dos pequenos marginais que, sem combinação prévia, mas como se houvessem combinado, correram todos para a minha casa, pularam o pequeno muro e tentaram esconder-se lá para os fundos do quintal e da garagem. Enquanto a avó exaltada exigia, aos gritos, que pegassem e levassem o moreno comprido, que era o seu neto, os policiais também pularam o muro, continuaram a correr e também gritavam, em coro com a avó, para que parássemos. Foi quando apareceu meu pai, que se interpôs entre os policiais e o nosso grupo, e bradou *"Fora, cambada. Isto é casa de família, não é casa da mãe joana"*, enquanto com as mãos fazia sinais de quem enxotava os dois perplexos representantes da lei. Nunca vira meu pai nesse estado. Homem sempre sereno, cordato e composto, tinha agora a camisa entreaberta, o peito muito branco à mostra, o rosto roxo, os vasos sangüíneos do pescoço intumescidos, o olhar gelado e a voz rouca e sinistra. A visão contraditória de um possesso sob controle nos imobilizou a todos, policiais e peladeiros. Os policiais balbuciaram qualquer coisa parecida como *"não sabíamos que aqui era casa de família, pensamos que fosse um edifício de apartamentos"* e se foram sem olhar para trás. Em meio ao silêncio absoluto que se seguiu, ignorando nossa presença, meu pai virou-se, chutou para o lado uma vassoura que estava mal encostada à parede, rosnou *cretinos* em voz baixa, numa alusão aos policiais, mais a título de comentário do que de ofensa, entrou em casa e voltou às suas palavras cruzadas e a sua música clássica, como se nada houvesse acontecido. E nunca, em tempo algum, nesse ou em qualquer outro dia, jamais tocou no assunto. E nem sequer uma só pergunta fez a respeito.

*

O fato é que a situação era bem pior do que antes. Continuávamos sem poder jogar nosso futebol, o brigadeiro continuava determinado em sua posição de não o permitir, e o clima de guerra irritava nossas famílias, que, sem o querer, já se envolviam na disputa. Foi quando alguém se lembrou de Jesus. Claro, Jesus, como não pensamos antes em Jesus? Com a sua irresistível simpatia, seu sorriso permanente de dentes alvos e alinhados de garoto-propaganda de dentifrício, impecável no seu uniforme cáqui de sargento da Aeronáutica, motorista e pessoa da mais absoluta confiança do brigadeiro, mulato corpulento e saudável, bem sucedido exemplar do cruzamento racial brasileiro e vivente em paz com a vida, Jesus foi evocado como a grande esperança de reconciliação ou de paz armada, que fosse. De mais a mais, Jesus era um íntegro radical, não só na vida profissional mas também na vida pessoal e familiar. Trazia o retrato da mulher e filhos numa carteirinha junto ao peito, como amuleto e talismã. Não obstante, ao contrário de outros íntegros radicais, era também alegre e feliz.

De evocado a invocado foi um passo. Fomos em comissão ao Jesus, expusemos nossas razões e nossas decepções. Éramos as vítimas, as grandes vítimas nessa história toda, e o brigadeiro ainda nos achava capazes de quebrar suas vidraças. Queríamos que ele entendesse que crianças precisavam jogar futebol e nada mais natural que futebol de crianças fosse jogado na rua, pois outro lugar não havia. Jesus resistiu o quanto pôde, até que se decidiu pela pergunta definitiva: *"Posso dizer ao brigadeiro, um homem bom, muito bom, se vocês querem saber, que vocês estão inocentes no caso das vidraças e se mostram dispostos a um acordo que saberão cumprir?"*

Jesus nunca mentiria para o brigadeiro. Sua fidelidade incondicional, nata, congênita e hereditária, e o que mais fosse, não o permitiria. Por isso, quando o procuramos, já havíamos acertado que juraríamos de pés juntos a nossa inocência no episódio das vidraças. Não foi uma decisão tranqüila, no entanto, e o grupo estava até muito dividido. Por incrível que pareça, havia problemas de consciência. Foi quando, no auge da discussão, o nosso cínico predileto, na sua linguagem de criança quase adolescente, fez a pragmática e judiciosa observação, que hoje podemos dispor nos seguintes termos, mais adultos: a verdade, no caso, não só não era importante, mas inconveniente e indesejável. Um homem correto e fiel, como Jesus, jamais levaria uma mentira ao brigadeiro. Como homem bom que era, no entanto, gostaria de nos atender. Se pudesse levar a nossa mentira, sob juramento, como a sua verdade, estaria em paz com a sua consciência e teria autoridade para dar conta da missão com alegria. E o brigadeiro? teria interesse em manter esse clima de guerra? Claro que não. Se cedesse sem maior motivo, entretanto, estaria sendo derrotado, o que não era bom para ninguém, muito menos para um brigadeiro. Seria bom que pudesse fingir acreditar em nossa mentira, dando-nos a certeza de que estaria realmente acreditando. Desse modo, para ele, fazer um acordo não seria ceder, mas única e tão somente promover a justiça. Assim, nossa mentira seria um ato de humildade e de grandeza, um sacrifício necessário para resolver o momentoso problema e salvar a dignidade de todos. Tivéssemos certeza e fé num ponto, concluiu o cínico, embora não com tanto espírito de síntese: às vezes, a mentira era virtude; a verdade, um vício. Assim falaria o nosso cínico, se adulto fosse. Como era criança, disse coisa parecida. Ficamos comovidamente gratos ao nosso cínico predileto pela pureza e sinceridade da doutrina exposta, e partimos ao encontro de Jesus, fechados em nossa posição.

Claro que ele poderia assegurar ao brigadeiro não só a nossa inocência – aliás, aquele pessoal da rua ao lado, que havia quebrado as vidraças do nosso estimado brigadeiro, ainda se veria conosco – como também transmitir-lhe nossa disposição de aceitar e cumprir à risca um acordo razoável, foi o que dissemos com a mais ensaiada das convicções ao Jesus, que, imbuído da responsabilidade que lhe pusemos às costas, prometeu dar o melhor de si pela boa causa. Encomendado dessa forma Jesus ao brigadeiro, ficamos aguardando ansiosos o resultado da negociação. Não foi preciso esperarmos muito. No dia seguinte, o Jesus sorridente de sempre nos procurou e deu a boa nova: acordo feito! E Jesus desfiou para nós os detalhes que ele mesmo ajustou com o brigadeiro e que pouco ou nada interessam a esta história. *"Ah!..."*, lembrou-se Jesus, antes de encerrar a sua prestação de contas sobre o cumprimento da missão, *"... o brigadeiro mandou dizer que não acredita nem um pouco na inocência de vocês, mas que isso ele deixa para trás. E sabem de uma coisa? eu também não acredito."*

A paz voltou ao grupo e ao nosso futebol, jogado agora a distância segura da casa do brigadeiro. Jesus muitas vezes era a nossa platéia, interferia com chutões para estragar às gargalhadas o jogo que rolava e conseguiu até, com a sua alegria contagiante, que o brigadeiro passasse a nos cumprimentar. Quando ganhei de presente um muito bem feito par de espadas, de plástico, o também carrancudo filho do brigadeiro, já então um médico de renome, ao chegar à casa me viu na rua, embicou o seu carro para o portão de entrada e veio dar-me aulas de esgrima na calçada em frente a minha casa, para espanto do meu pai e mais ainda meu, todos encantados pela descontração do improvisado mestre e pelo muito que do assunto ele mostrou entender. Assim tornou-se Jesus, por muitos anos, nosso conselheiro, amigo e protetor, um espírito agregativo, um anjo da guarda das nossas irreverências infantis.

*

Certo dia, recebeu Jesus um merecido prêmio pela sua integridade moral, zelo profissional, fidelidade aos princípios e à Aeronáutica. Foi designado para servir a outro brigadeiro, este uma figura de importância histórica ainda em vida. Conhecido como o que se costumava chamar então de reserva moral, personagem marcante de eventos cívicos que marcaram a vida política nacional, este brigadeiro era orgulho da Aeronáutica e motivo de respeito até mesmo para os adversários políticos, quando a opção partidária se tornou extensão do que entendia como dever de ofício e a melhor maneira de se pôr a serviço do país. Assim, deixou Jesus de servir ao brigadeiro da nossa rua e passou a servir ao brigadeiro da nossa pátria, mas sempre encontrando tempo para rever o seu antigo chefe e os velhos pequenos amigos que fizera. Jesus, um amigo leal.

*

Tão leal e tão puro era Jesus que, não obstante as nacional e internacionalmente reconhecidas virtudes pessoais e cívicas do seu novo chefe e líder, somente aos poucos foi cedendo às evidências próprias e alheias. Jesus não era de deslumbramentos fáceis e tinha receio de, admirando um, estar traindo o outro. De tal modo, foi preciso se passar algum tempo e o brigadeiro, seu novo chefe, matar um leão por dia para Jesus aceitar que estava diante de outro grande homem, certamente maior ainda que o antigo. Era o que nos dizia quase a contragosto, como que pedindo desculpas, e por necessidade confessional.

Até que um dia estourou entre nós, como uma bomba, a notícia consternadora: Jesus suicidara-se. A falta de pormenores e de razões que pudessem explicar o fato gerou talvez a maior angústia coletiva do nosso grupo. A morte, para nós, não passava de uma realidade ainda muito vaga, algo que nos deveria acontecer na velhice e, com mais certeza, aos outros. Suicídio era tragédia de jornal e coisa que acontecia somente aos covardes, como cansei de ouvir me dizerem. Afinal, Jesus não era um covarde e, portanto, não era um suicida-padrão, se é que existia um suicida-padrão, do que desde então comecei a duvidar. E se existia um modelo de anti-suicida, Jesus o encarnava. Um homem com aquela alegria e coragem de viver não era homem que se suicidasse. Deveria ser engano, mas não era. Confirmada a notícia, todos nos abatemos com a contradição entre a mensagem de vida do Jesus e o destino do homem Jesus. Com o transcurso dos anos, cada um de nós teve a certeza de que nunca, nunca entenderia o suicídio de Jesus. Era o que também eu pensava, já adulto e maduro.

*

Já adulto e maduro, tive no meu trabalho, num certo momento, uma tarefa diferente das habituais. Um fotógrafo contratado pela empresa havia tirado fotos de nossas instalações na Amazônia. Fotos lindas de um projeto recém-implantado. Essas fotos serviriam de roteiro para a história da implantação desse projeto. O texto seria depois vertido para o inglês, e o produto final, um folheto de divulgação, ajudaria no *marketing* junto aos clientes estrangeiros. A preocupação minha e do fotógrafo era tornar fotos e textos harmônicos e espontâneos, como se um não tivesse nascido antes do outro. Como a tarefa conjunta nos fora atribuída por um marechal, vice-presidente da empresa – vivíamos então os melhores momentos da ditadura –, brincamos, às folhas tantas, dizendo que, a desagradá-lo, melhor seria o suicídio. Dito o quê, fizemos um breve silêncio, eu entendendo o meu; o fotógrafo, o dele. *"Estou-me lembrando de Jesus"*, falei primeiro. *"Eu também"*, disse o fotógrafo com naturalidade, para nos espantarmos apenas no segundo seguinte. *O quê?!* perguntei-lhe, mais do que dizendo. *Não é possível!?* disse-me, mais do que perguntando. Em seguida, trocando o pasmo por informações, admiramo-nos de como o mundo era pequeno, do surpreendente fato de conhecermos os dois a Jesus, da incrível coincidência de pensarmos nele ao mesmo tempo, movidos pela mesma lembrança, e de quão incertos eram os caminhos da vida e quão desconhecidos os refolhos d'alma.

Por fim, pedi ao fotógrafo os porquês e o como da morte de Jesus. Ele falou com calma, escolhendo as palavras, lembrando que também tinha o seu compromisso de fidelidade, numa homenagem improvisada ao amigo distante no tempo, mas doído no coração. Jesus, como se sabia, cedera à admiração pelo brigadeiro, seu novo chefe. Este tinha então uma irmã solteirona, da qual não se sabia muita coisa, senão o principal, isto é, que se apaixonara louca e irracionalmente pelo Jesus, que, até onde pôde, fingiu não perceber ser o objeto de tanta e tão grande paixão. Ressentida por imemoriais fracassos sentimentais, a apaixonada depositou em Jesus as suas melhores esperanças de reconciliar-se com as coisas do amor. Cansada de dar-se a entender, deixando a vaidade e o amor-próprio de lado, a apaixonada abriu seu coração ao Jesus e entregou-se de corpo e alma a sua temporã devoção. Mais de alma, na verdade, porque Jesus respeitou-lhe o afeto, mas negou seu corpo. Era servidor leal e admirador dedicado ao seu chefe, agora ídolo. Além do mais, casado, pai de família, não poderia cair em tentação e arrostar a infâmia indelével de envolver-se com a irmã do grande líder.

Variam, porém, as almas de corpo para corpo, e Jesus não encontrou na alma, lá dela, irmã do ídolo, qualquer dignidade a compartilhar com a sua. Louca em sua paixão de folhetim, rejeitada no mais avassalador dos sentimentos, a irmã procurou o irmão e confidenciou-lhe a calúnia: Jesus a desrespeitara e a constrangera com imposições amorosas e propostas indecorosas. Melhor que o irmão o colocasse no seu devido lugar. Para isso, o brigadeiro o chamou e o enquadrou. E que fato semelhante jamais se repetisse, pois outras dores lhe estariam reservadas a ele, Jesus, além das prováveis danações do inferno. Jesus jurou inocência, mostrou que sempre vivera uma vida sem mácula e repreensões, e ofereceu as provas que podia oferecer do quanto estava sem culpa na acusação que lhe era feita. Não tinha, no entanto, e isso admitia, explicação a dar para o comportamento de uma dama em princípio respeitável, irmã dileta do seu chefe e ídolo. O brigadeiro ouviu a voz firme e digna do seu comandado, sentiu-lhe o olhar límpido e sincero, e então vacilou entre a lealdade reconhecida do amigo e as implicações dos laços de sangue.

Mas se Jesus era inocente dessa culpa, então qual a razão da denúncia? Jesus reafirmou que sobre isso nada tinha a dizer e somente a senhora irmã do brigadeiro saberia de suas razões. Deixou então o brigadeiro o assunto em suspenso até que novos fatos lhe trouxessem a convicção de que precisava para uma definitiva tomada de atitude. Para Jesus, entretanto, a lealdade ao chefe era incompatível com a dúvida do chefe. A indecisão do ídolo era uma sentença de morte moral para o idólatra. Num momento de maior pressão, Jesus foi para casa e redigiu sua última carta: se nada mais fosse o bastante para provar sua inocência – escreveu –, entregava seu bem maior, sua vida, como testemunho do valor que atribuía aos seus princípios e à correção e justeza do seu procedimento. Colocou a carta sobre uma mesa, bem à mostra, bebeu formicida e deu o assunto por encerrado na parte que lhe tocava.

*

O fotógrafo, acabada sua narrativa, calou-se por alguns segundos, fixando os olhos no chão. Em seguida, olhou-me e propôs que continuássemos o trabalho no dia seguinte, pois já era muito tarde. Não era muito tarde, mas concordei. Fez menção de sair, mas antes de fechar a porta ainda me disse: *"Eu era muito amigo do Jesus, sabe? mas não pude ir ao seu enterro. Depois fui à casa dele, dar um abraço na família. Deve ter bebido muito formicida, porque onde caiu sua baba ficou uma cratera enorme, os tacos comidos."* Saiu em seguida. Um pensamento perverso tomou conta de mim. Voltei à infância e pensei no cínico predileto do nosso grupo. Se estivesse presente, nosso cínico assumiria um ar sério e faria a pergunta: *E o brigadeiro, com tudo isso, acreditou?*

É, ele faria a pergunta.

***

Masculino e feminino

De um leão se diz que é um *bicho*, mas não se diz de uma leoa que é uma *bicha*, isto porque não existe *bicha* por existir bicho. A verdade é que só existe *bicho* porque antes já existia *bicha*, esta com significado restrito a vermes do *habitat* intestinal e mais a cobra e animais semelhantes do gênero. Por que minhoca não é bicha, fica a critério do povo falante e não dos lingüistas, biólogos, psicólogos e sociólogos de notório saber e ilibada reputação. Direito conceitual a ser *bicha*, a minhoca o tem. *Bicha* e *cobra* são conceitos afins, mas *bicha* passa ao largo de *minhoca* e esta, daquela. O fato é que *bicha* provavelmente sofreu influência de *animal*, que é masculino, surgindo assim a forma masculina *bicho*. Portanto, entre *bicho* e *bicha*, nada a ver, senão na forma ao menos no conteúdo. Bicho é bicho, bicha é bicha, e nesse caso de *bicho* e *bicha* a questão é de masculino e feminino, mas não de sexo. Com *bichinho* e *bichinha* já não há confusão nem dificuldade. *Ele é bichinho, ela é bichinha*, ele é do sexo masculino, ela é do sexo feminino, e os cearenses sabem disso muito bem. E é bom ficar por aqui, porque é o quanto basta, embora ainda não se saiba para quê, e o para quê só se saberá se houver paciência de seguir adiante.

*

"Ninguém faz noventa anos impunemente", sentenciou Dona Epifânia, nordestina brava e combatente, de espírito pouco acadêmico, ao comunicar à família e aos amigos que não queria saber de festas e comemorações por ocasião do seu próximo

aniversário, que estava ali, batendo às portas. Não houve rogos, apelos e argumentos que a demovessem dessa decisão firme e fundamentada em suas convicções de vida. Por fim, acharam todos por bem não insistir e se deram por confortados quando, a muito custo, obtiveram a promessa de um almoço com filhos e genro, como reconhecimento pelos bons e felizes anos que Deus lhe proporcionara. Católica fundamentalista, com o perdão da expressão imprópria; espírita vocacional, segundo amigos espíritas com quem se entendia às mil maravilhas; alguém para quem um ateu era um à toa, um sem-rumo metafísico e ético; capaz das maiores explosões de temperamento e mestra na arte das ofensas espirituosas e sob medida; incrivelmente fluente e apaixonada na defesa dos seus pontos de vista, quando mostrava incrível fluência e domínio da língua, não obstante ter apenas o curso básico; inexcedível e encantadora nas demonstrações de afeto à família e amigos; esposa, mãe, avó, filha e irmã extremosa e extremada – dava a vida pelos seus, em princípio somente os seus, mas tornava-se guardiã fiel de qualquer inimigo que lhe pedisse apoio e proteção. Chicote e carinho eram os ingredientes com que temperava suas relações com as cunhãs, que dela ouviam com paciência e curiosidade minuciosas dissertações, de elevado teor didático, sobre os males definitivos que a princesa Isabel, com sua frouxura imperial, trouxera a este pobre país. *"Ela poderia ter resistido, minha gente, o bom senso estava do seu lado."*

*

Pois essa conflituosa e contraditória Dona Epifânia não resistiu às próprias convicções e logo após os noventa anos sofreu aquilo com que os leigos enchem a boca para demonstrar sua meia-ciência: um AVC. Dona Epifânia sofreu, portanto, um acidente vascular cerebral. Um AVC que a tornou hemiplégica, tolhendo-lhe os movimentos da perna e do braço esquerdos, mais do braço que da perna. Da cama para a poltrona, o importante, o mais importante, é que em poucos dias a língua voltou à antiga forma, para as louvações e os impropérios de sempre, para gáudio da família e dos amigos, e pânico dos desafetos e da senzala acrescida, a partir de então, de enfermeiras e fisioterapeuta, atirados com carinho ou cólera no mesmo saco, dependendo do humor do momento.

Se a língua voltara à antiga destreza, o mesmo já não se podia dizer da memória, que passou a estar sujeita a lapsos curtos, mas preocupantes. Assim, a mãe, morta há muitos anos, vez por outra, tornava-se objeto de seus cuidados. *"Minha gente, por onde anda mamãe que hoje ainda não vi?"* Mandava pelos filhos recados para os irmãos e amigos mortos. *"Digam à Laquinha e à Roró que quero vê-las, essas mulheres ingratas e sumidas."* A filha às vezes tornava-se sua mãe. *"Venha cá, mamãe, sente-se ao lado de sua filha."* Era tudo muito rápido e, em pouco tempo, os mortos e fatos voltavam ao seu lugar.

A competição com a sogra de sua filha era violentíssima, competição agravada pelo fato de morarem juntas, a fim de que filha e genro pudessem melhor administrar a velhice e a dependência de ambas. Dona Epifânia descompunha a consogra quando havia platéia, para, pouco depois, em voz baixa e envergonhadamente, perguntar pela saúde da rival e dar um *graças a Deus*, quando ouvia que tudo ia bem. Num dia, depois de meses de sofrimento, morre-lhe a consogra. Dona Epifânia foi poupada da má notícia. Até que, vendo abandonado o andador de que a consogra se servira enquanto pudera andar, perguntou ao filho mais velho, que a visitava, como e por onde andava a dona do *disco voador*. O filho constrangeu-se com o que considerou, no mínimo, falta de caridade da piada, e concluiu que era um bom momento para que se colocassem os pingos nos ii. Optou por um tratamento de choque: *"É bom a Sra. saber de algumas coisas, mamãe, até para a Sra. ser mais cuidadosa e atenciosa quando se referir a certas pessoas. Saiba que seu marido já morreu, seus irmãos já morreram, tais e tais amigos já morreram. É duro dizer, mas a Sra. está precisando ouvir..."* Fez-se um breve silêncio, que se julgou ser de um estado de choque, mas que se revelou ser apenas de serena reflexão para Dona Epifânia: *"Pois que alguém se encarregue de sempre me comunicar esses acontecimentos, por favor, para eu não ficar esculhambando esse povo que já morreu..."*

*

A partir e ao longo de sua doença, Dona Epifânia foi estreitando uma relação de confiança com o seu fisioterapeuta, Felipe Eugênio, que a submetia a duros exercícios três vezes por semana. Tratavam-se de *senhor* e *senhora*, mas quando os exercícios se tornavam um martírio, Dona Epifânia explodia: *"Quer me matar, miserável?"* Felipe Eugênio logo ficava amuado, para em seguida retomar seu trabalho com a mesma paciência e dedicação. Moço, bem posto e elegante, era, além disso, o que *a súcia de cunhãs* com o tempo passou a chamar de *gatinho* e *fofura*. Entre um destempero e outro de Dona Epifânia, Felipe Eugênio com ela conversava sobre a vida em geral e a dele em particular. Num certo dia, quando Felipe Eugênio menos esperava, Dona Epifânia olhou-o dentro dos olhos e perguntou: *"Meu amigo, o Sr. é homossexual?"* A pergunta, embora crua e direta, fora feita com naturalidade e respeito. Felipe Eugênio deu resposta tranqüila e também direta: *"Sou, Dona Epifânia. Como sabe?"* E Dona Epifânia, dando o assunto por encerrado: *"Instinto."*

O relacionamento, que era bom, passou a ótimo e íntimo, entre Dona Epifânia e Felipe Eugênio. Isso não aliviava as dores e nem impedia os desabafos. Nos melhores momentos ele era o *Fili*, e retribuía o carinho com *Epi*. Por vezes, Dona Epifânia era também *Faninha*; Felipe Eugênio, *Fipinho*. O que verdadeiramente o aborrecia era ser chamado de *Cão* e *Coisa Ruim*, embora para a ofensora fosse apenas um modo de lhe dizer que a machucasse menos nos exercícios. Já então trocavam confidências e Felipe Eugênio falava da desdita de um homossexual sério neste mundo de Deus, mais ainda no Brasil, pois sabia de terras onde o trato dispensado aos seus iguais era natural e civilizado. Dona Epifânia o consolava: *"... Mas se somos todos iguais..."* Numa dada ocasião, Felipe Eugênio aludiu ao sucesso de Roberta Close, transexual assumido que, submetido a cirurgia, lutava pelo reconhecimento oficial de sua identidade feminina. *"Se eu me transformasse cirurgicamente em mulher talvez a sociedade me aceitasse melhor. Acontece que minha cabeça é de homem e, nesse caso, eu é que não me aceitaria."* Dona Epifânia foi, mais uma vez, definitiva: *"Não se iluda, amigo, os homens não se excitam com Roberta Close porque se trata de alguém que se transformou em mulher, mas porque sabem que se trata de alguém que é homem."* Felipe Eugênio olhou-a com surpresa, como se a visse pela primeira vez, levantou-se devagar do banco que o mantinha defronte dela, durante os exercícios, e beijou-a longa e ternamente na testa.

*

Transcorriam sempre animados os dias e até mesmo as noites naquela casa. À medida que o tempo passava, Dona Epifânia tornava-se mais alegre, crítica e brincalhona, embora não dispensasse as explosões de cólera com que, uma vez e outra, deixava claro para o povo em geral, e as cunhãs em especial, quem mandava ali. Ser objeto das atenções e, se possível, adulada era um santo remédio para sua crônica inquietação de senhora de engenho vocacional, nascida um tanto fora de época. Dona Epifânia, no entanto, em contraste com o seu vigor espiritual, perdia lentamente o melhor das suas forças físicas e aumentava o seu esforço para esconder as crescentes limitações. Depois de um dia em que sua saúde apresentara algumas complicações, o olhar tornou-se fixo e sem brilho. Nunca disse *estou cega* e jamais se queixou de qualquer piora na sua qualidade de vida, fingindo ver televisão com olhos opacos e ainda ler jornais com a única mão viva. A voz, mais fraca, continuava autoritária e amorosa. O rodízio de empregados e enfermeiras, em horários diurnos e noturnos, se fazia de modo que tivesse sempre atenção e vigilância, o que a levava a troca de nomes, mas não a erros de pessoa. Só se confundia, e mesmo assim por poucos instantes, com os mortos a quem dava vida.

*

Naquele dia cinzento e chuvoso, Dona Epifânia acordou também cinzenta e trovejante. Estava nos seus azeites, especialmente mal-humorada, sem que ninguém atinasse com a causa. Os mais sabidos esconderam-se, só aparecendo a serviço e pelo tempo necessário. Felipe Eugênio não teve como esconder-se, pois era dia de fisioterapia, e arrependeu-se amargamente de haver saído de casa. "*Vá machucar a mãe, 'seu' fisioteraputo. Está pensando o quê?!*", bradou Dona Epifânia quando as dores do exercício lhe pareceram piores do que nunca. Felipe Eugênio largou a sessão a meio do caminho, o que antes nunca fizera, e, traumatizado, foi buscar refúgio e consolo entre empregadas e enfermeiras que tomavam café e descansavam na copa e na cozinha. Dessa vez, estava magoado.

Muito magoado. *Cão* e *Coisa Ruim* eram ofensa a que estava acostumado. *Fisioteraputo*, não. Era mais do que ofensa, era alta traição. Aliás, altíssima traição. Imperdoável. *Que fazer?*, perguntavam-se todos, e todos não viam como consertar o dano causado por esse último destempero de Dona Epifânia. Foi quando alguém lembrou que a cozinheira, a empregada mais antiga da casa e por quem Dona Epifânia nutria um xodó também antigo, poderia intervir e pôr panos quentes entre as partes envolvidas na quizila. A cozinheira, orientada pelos componentes da mesa redonda que se instalou e tomou a decisão de que era dela a incumbência, foi dar conta de sua missão. Vendeu o seu peixe, apelou para o bom coração e o senso de justiça de Dona Epifânia – que agredia num momento, para no outro reduzir ao tamanho certo o que dizia –, a única pessoa que poderia dar fim à mágoa de Felipe Eugênio, chamando-o para dar o dito pelo não dito. A cozinheira deu conta do recado, Dona Epifânia deu o dito pelo não dito – aliás, nem se lembrava do que havia dito – e deu também a certeza de que, na sessão seguinte, se acertaria com Felipe Eugênio. *"Que homem mais besta, se aborrecer por tão pouco..."* Em face de tudo de bom que se dava naquele momento, a cozinheira correu para dar, também, a boa notícia à turma da galeria. Diante da promessa que lhe chegava aos ouvidos, Felipe Eugênio já se transformava, voltando a conversar e brincar com os circunstantes. Em poucos segundos, estava nas nuvens, esquecido da ofensa e da mágoa. Retornando ao quarto para reassumir sua doente, a enfermeira de plantão ouviu de Dona Epifânia rasgados elogios à cozinheira pelos inegáveis e recém-demonstrados dotes de embaixadora. Elogios que a enfermeira não podia desperdiçar e tratou de logo levar à interessada, antes que esta saísse, pois era sábado e folga dela, cozinheira. Dona Epifânia então, já saudosa da sua cozinheira, observou que *"essa bandida nem se despede e já vai saindo?...",* para em seguida, em voz alta, indagar da enfermeira, já quase fora do seu alcance: *"Minha querida, minha bichinha já saiu?",* e ouvir de volta, dos longes da cozinha, do pacificado Felipe Eugênio, acima das nuvens, em tom de pássaro cantante e agora um ensolarado coração: *"Ainda não, Faninha, ainda estou aqui!"*

***

A barata

Deodato Piragibe pendurou o interfone na parede da cozinha, sem acreditar no que ouvira. Moradores e condôminos não eram necessariamente pessoas sensatas, mas acreditava na sacralidade das manhãs de sábado. Tanto assim que, ainda atônito, olhava para a *Alma Sertaneja*, recém-garimpada no sebo predileto e reservada para o regalo daquela manhã. Julgava, na sua ingenuidade de síndico estreante, ter direito a um mínimo de privacidade nos finais de semana. Ficou em pé, durante alguns segundos, esperando pela retomada da ligação, enquanto reconstituía a fala que o atingira como um direto na ponta do queixo: *"Ôi, Sr. Deodato, como vai? Aqui é a Mirtes do 301. A inquilina do Sr. Felisberto, lembra?"* Claro que Deodato se lembrava e o instinto fez que tomasse como mau augúrio ela também se lembrar dele às 10 horas da manhã de um sábado. *"Sr. Deodato, olha, apareceu uma barata no meu apartamento."* Deodato, instantaneamente batido, procurou ganhar tempo até que soasse o gongo: *"Apareceu, D ª Mirtes?* Ela, impiedosa: *"Apareceu, Sr. Deodato. Uma coisa horrível. O Sr. tem idéia do que é uma barata para mim?"* Deodato foi salvo pelos grr...iokk...clucs... prrr...im...tarrrr da ligação que caiu.

Ora, uma barata que apareceu, apenas apareceu. Deodato sabia o que eram baratas, tivera até uma questão pessoal com duas delas, nem por isso saíra por aí perguntando aos demais se sabiam o que era uma barata para ele. Lembrava-se muito bem do caso mais recente. Numa certa manhã – sempre numa certa manhã, filosofou – abriu a porta do seu armário de banheiro e deparou com a dita cuja, parada, em atitude que lhe pareceu reflexiva, sobre a barra de sustentação dos cabides. Deodato tomou-se de súbita angústia existencial diante do dilema constrangedor, trazido pelas circunstâncias: ignorar ou matar a barata. Caráter obsessivo e perfeccionista, sua decisão teria de ser bem fundamentada perante si mesmo e jamais um impulso de nojo, preguiça ou maldade gratuita. Deodato suprimiu de suas considerações o medo. Honra é honra e tem de prevalecer até entre quatro paredes. Nem pensar em medo. Foi quando ficou claro para Deodato que a barata se contorcia, em coreografia de sofrimento.

Para Deodato, o tempo da barata acabava, como dizem os índios. Solitária, longe dos filhos – marido é coisa que talvez não diga respeito a baratas –, morria sem chegar a alcançar o sentido da vida. E sabia disso porque também sabia que ninguém morria tendo alcançado o sentido da vida. Imobilizado pelo drama e pelo sentimento de inutilidade diante da dor alheia, Deodato viu a barata desarquear-se, ganhar formas de repouso e, a seguir, arrepiar carreira, deixando sobre o ombro de sua camisa branca, pendurada no cabide em frente, um pequeno olho castanho com insolente pupila negra, que ele, Deodato, não demorou a identificar como cocô.

Um prosaico cocô, eis o produto final dos filosofares de Deodato sobre os mistérios da vida animal. Lembrou-se também Deodato de que a barata escapara com vida, talvez um tanto bêbeda e cambaleante pelo banho de desodorante e desinfetante que a má pontaria do seu desafeto lhe propiciara em quantidade diluviana. Chinelos nem pensar, não foram cogitados muito menos usados, pela deselegância do estalo e visão antiestética final. Talvez ainda hoje vivesse a barata, entre um e outro ralo do apartamento, como sobrevivente de uma hecatombe, sem entender por que desencadeara com um simples cocô todas as forças da natureza. O fato é que foi assim, pouco poético, o final desse drama de amor e ódio, mal resolvido, entre a barata e Deodato.

*

Deodato desistia da espera e voltava à poltrona com a *Alma Sertaneja* debaixo do braço, quando o interfone chamou-o de volta à cozinha. "*Sr. Deodato, um horror esse interfone, heim?! Também, tem cara de ser da idade da pedra.*" Um suspiro longo e a resposta paciente: "*Nem tanto, Dª Mirtes, o equipamento foi trocado há uns cinco anos*", gemeu Deodato, sentindo-se encurralado no canto, sem poder sair das cordas. "*Não é por nada não, mas acho que está na hora de trocar de novo*", bateu Dª Mirtes. "*Pode ser. Mas como a Sra. ia dizendo...*", fez o pêndulo Deodato, mantendo-se na esquiva. "*Como eu ia dizendo, o Sr. sabe o que significa uma barata para mim, aqui em casa? Eu...*" Grr...iork...clucs...korrr...starrrkjugud, cai a ligação, para loucura de Dª Mirtes, mas alívio de Deodato, para quem foi como soasse o gongo, anunciando o fim do assalto e o início de novo intervalo. Podia lavar o rosto, retocar os ferimentos e tentar abrir os olhos.

Pondo os olhos na *Alma Sertaneja*, pensou Deodato *ainda não é hoje*, e o Gustavo Barroso contista teria de ficar para melhores dias, *e até lá, meu caro, você se agüente como historiador maluco e perseguidor de judeus*. Deodato já então começava a sentir o sangue subir pelo pescoço, queimar-lhe bochechas e orelhas, e tingir-lhe a visão de vermelho. Estava com raiva, mas para a cólera ainda faltavam as estrias negras que deixavam o seu olhar rubro-negro e o tornavam capaz de tudo. Uma barata não o levaria a tanto. Sentia-se apenas traído pelo mau hábito de assumir obrigações de que outros declinavam. Numa reação retardada, rememorou a reunião de condomínio que punha agora uma nova barata em seu caminho. Aposentado, estava de bem com a vida, porém não lhe perdoavam essa vida mansa e lhe cobravam as virtudes do escravo. *Vai fazer o quê?*, perguntavam. *Não vou fazer, vou comprar feito*, respondia. Sucede que Deodato, além de filósofo, no mau sentido, embora houvesse chegado a dar aulas de filosofia, no bom sentido, era participativo e incauto. Participava das reuniões de condomínio no seu edifício porque, *afinal de contas, isso é nosso, minha gente. Temos mais é que participar.* Sendo quem era, o inevitável aconteceu: foi eleito síndico por aclamação, o que, vamos e venhamos, como lhe diziam todos, não era honraria pouca, mas sim o reconhecimento de um caráter sem jaça e ilibadas virtudes condominiais, comprovadas por sensatas e permanentes contribuições ao bem comum.

Nem bem acabara de protestar pelas suas nulas qualidades de administrador, e todos já o abraçavam e o cobriam de juras e promessas de colaboração, aos *vivas!* e gritos de *está eleito!* para em seguida dar-lhe as boas-noites e as costas, pois tinham mais o que fazer, a começar por *me desculpe pela pressa, Deodato, mas a novela eu não posso perder.* Quando acordou na manhã seguinte, o seguro contra incêndio do prédio estava vencido, a validade dos extintores também, o manobrista havia jogado o carro de um morador de encontro a uma parede recém-pintada na garagem, outro morador estacionara seu carro trancado na vaga de um terceiro e levara a chave ao cinema. Nada tão estressante, no entanto, quanto o recebimento de um mandado judicial determinando o bloqueio das quotas condominiais para pagamento de dívida trabalhista. No fim da mais longa semana de sua vida, Deodato respirou aliviado. Resolvera o que pudera resolver, empurrara com a barriga o que pudera empurrar e, quanto ao mandado, fora dizer ao meritíssimo, ganhando alguns dias, que não entendera a sentença de sua, lá dele, excelência, e que sua excelência a explicasse melhor, para constrangimento e vergonha do advogado que levara debaixo do braço e também ganhava para se fazer de besta, ora pois. Graças aos bons deuses, chegou o sábado e o sábado, para Deodato, por ser o incauto que era, chegou como promessa de sossego. Tomou seu café da manhã, leu os jornais – sempre mais de um, para confrontar as versões –, e refestelou-se na poltrona para saborear a *Alma Sertaneja*. Apenas refestelou-se, porque ouviu soar, lá da cozinha, o interfone, etc., etc. e a história, até este ponto, já se conhece.

*

Mais pensava, mais se enfurecia o pacato síndico. Por que Dª Mirtes não usava o telefone de linha regular, obrigando-o a ir do escritório para a cozinha, a cada toque? Pensando nisso, sentou-se. Sentando-se, tocou mais uma vez o interfone. Tocando mais uma vez o interfone, levantou-se Deodato e foi à cozinha, mais uma vez, para atendê-lo. Era o porteiro: "*Sr. Deodato...*" Deodato: "*Já sei, passe para Dª Mirtes.*" O porteiro: "*Não, não. Ela disse que cansou do interfone. Eu quis dar seu telefone, mas ela prefere que o Sr. ligue para ela. Deixou o telefone dela comigo. O Sr. quer o número?*"

Deodato, impando: *"Severino, que você acha?"* Severino: *"Eu acho que o Sr. não quer."*

 Deodato, ainda em pé, olhou primeiro para a capa, depois abriu o volume, passou os olhos pelas contracapas, fechou o livro, leu na diagonal a quarta capa, como se tentasse medir a perda havida com o presumido adiamento da leitura da *Alma Sertaneja*. Foi até ao escritório, sentou-se, fechou os olhos, deitou o livro um tanto sobre o peito, um tanto sobre a barriga, e lembrou-se de sua outra história de barata, de muitos e muitos anos, de quando era moço e dava suas primeiras aulas de filosofia num colégio de freiras. Na primeira hora da manhã, dirigindo-se à sala de aula, deparou com incrível algazarra e alucinada correria em todo o andar. Agarrado e puxado pelo jaleco, entrou em sua sala, onde gorda e solitária barata dormitava pendurada na luminária que a aquecia e aconchegava. Impotente para dominar o clima de pânico no seu entorno, deu meia volta e ia pedir providências à administração quando a madre superiora, pálida e risonha, envolta no vozerio de irmãs, professores e funcionárias, ao vê-lo murmurou um graças ao bom Deus, entregou-lhe, a ele, Deodato, e não ao bom Deus, o frasco de Neocid *spray* que empunhava e voltou aos seus afazeres. Deodato pensou no Livro de Jó, encarou o encargo como penitência e foi à luta. Desceu do estrado sua cadeira de mestre, colocou-a embaixo da luminária, contemplou a barata por alguns segundos, repulsiva e ternamente, e descarregou a arma em jato contínuo, até à última gota e até que a barata, totalmente grogue, lhe caísse sobre o rosto esverdeado, ensopado de Neocid floral líquido, como esclarecia o frasco igualmente verde que atirou à cesta de papéis. Lembrou-se de que ficara talvez mais tonto e enjoado do que a barata que também atirara à cesta, ainda movendo as perninhas. Fechou suas recordações imaginando qual teria sido o fim dessa barata, se morrera ou se, com alguns vômitos, sobrevivera ao atentado. De qualquer modo, pelo tempo decorrido, estaria morta. Melhor para a sua consciência. Foi quando um *psiu!* chamou sua atenção. Procurou de um lado, procurou de outro, ouviu um novo *psiu!* e teve de admitir a evidência de que os *psiu!* vinham da cesta de papéis a sua direita. Com um suor gelado começando a escorrer-lhe pelo rego da coluna, colocou a *Alma Sertaneja* entre o assento e o braço da poltrona, levantou-se devagar, lançou um olhar oblíquo sobre a cesta, nada viu. Chegou mais perto, olhou na vertical, dessa vez mais confiante, e recuou ao tomar um choque de horror. *Ah! Ah! Ah! Ah!*, gargalhou roufenha uma barata gigantesca que num segundo já apoiava suas patas dianteiras na borda da cesta, mostrando a cabeça enorme, desproporcional, de Dª Mirtes. Foi quando o telefone tocou mais uma vez, acordando Deodato do pesadelo. No segundo seguinte, Deodato percebeu que o pesadelo estava apenas começando, sua raiva também, e a *Alma Sertaneja* tinha ido para o espaço.

– *Sr. Deodato, o Sr. não me telefonou.*

– *Não, Sra.*

– *Mas eu deixei o recado com o porteiro.*

– *Deixou sim, Sra.*

– *Não estou entendendo. O Sr. não fez questão de me ligar?!*

– *Para ser exato, fiz questão de não ligar.*

– *Ué, por quê?*

– *Porque é uma questão elementar de educação que alguém que queira falar com outro alguém procure esse alguém, e não o contrário.*

— Então o Sr. está irritado comigo?

— Bastante. Levei meia hora, mais ou menos, mas a Sra. me fez chegar lá. Mas falávamos de barata...

— Sou uma mulher limpíssima, Sr. Deodato.

— Acredito.

— Estou pagando entre aluguel e condomínio perto de R$ 6.000,00...

— Este é um assunto que acredito a Sra. deva ter acertado com o seu locador.

— Claro. Mas isso não me dá a obrigação de aturar baratas.

— Não conheço o contrato.

— Falo sério, Sr. Deodato. Sou uma mulher limpíssima.

— A Sra. já o disse. Não tenho por que não acreditar.

— Na minha casa ninguém entra com os sapatos com que veio da rua. Tem de trocá-los por chinelos, na hora. Ou não entra.

— Dona Mirtes, a Sra. quer alguma coisa de mim?

— Sou uma mulher limpíssima, Sr. Deodato.

[Silêncio por parte de Deodato, que não tem a menor idéia do que deva dizer.]

— Sr. Deodato, o Sr. está me ouvindo?

— Claro, claro. Estávamos em que a Sra. é uma mulher limpíssima...

— Quando foi feita a última desinsetização no edifício?

— Antes do verão, por volta de novembro.

— *Em que data?*

— *Não tenho a menor idéia, nem tem a menor importância. Mandarei fazer outra agora. Na próxima segunda-feira, cuidarei disso.*

— *O Sr. me garante que não vou ver mais baratas?*

— *Ah, agora a Sra. me derrubou. Posso administrar as baratas das partes comuns, não as da sua casa. Além disso, estamos no verão, o que excita as baratas. Elas se escondem e se mostram de acordo com as conveniências próprias. Dentro de casa passam a ser assunto privado e podem viver ou morrer por falta ou excesso de chineladas. Às baratas de uso comum e domínio público, dou-lhes tratamento de saúde pública. Às baratas privadas, cada qual lhes dê o que julgar merecerem. Vou somente até à porta da sua casa, prometo não entrar e lhe economizo os chinelos. Ficamos acertados assim?*

— *Está certo, se o Sr. promete. Vou cobrar, hem?! Aproveitando, tenho mais uma coisa, Sr. Deodato...*

— *Parece que temos, ambos, Dona Mirtes.*

— *E os elevadores?*

— *Sim...*

— *E os elevadores, Sr. Deodato?*

— *Sim...*

— *Sr. Deodato, por favor, estou perguntando!*

— *Agora estou preocupado. Dª Mirtes, que há com os elevadores?*

— *Sr. Deodato, eu perguntei primeiro.*

— *Tudo bem, mas perguntou como quem já conhece a resposta. Como não a conheço, eu lhe pergunto. Que há com os elevadores, Dª Mirtes?*

— Não me diga que o Sr. não sabe...

— Juro que não.

— O social quebrou antes do Carnaval e ficou quebrado durante todo o Carnaval.

— É verdade. Os técnicos passaram esse tempo todo aqui no prédio e só deram jeito no elevador um pouco antes do desfile das campeãs das escolas de samba. Disseram que houve quebra de linha. Parece que é defeito raro e grave num elevador. A turma passeava de lá para cá, de mapa na mão, testando toda a fiação subterrânea da casa de máquinas, fio por fio, e eu também de lá para cá, atrás deles, fazendo o que podia, isto é, perguntando se havia cura e, se havia, para quando estava prevista. Temi pela Páscoa.

— O Sr. achou isso normal?

— De modo algum. Achei-me um completo idiota.

— Pergunto se o Sr. achou normal o elevador quebrado daquele jeito...

— Dª Mirtes, quando quebrou daquele jeito, o elevador saiu do seu estado normal.

— Arrah!... Então o Sr. sabe o que há com os elevadores!

— Não, Dª Mirtes. Sei o que houve com um dos elevadores...

— Se o Marco Maciel — sim, eu conheço o Marco Maciel, nosso vice-presidente — viesse aqui em casa, no Carnaval, e encontrasse o elevador social quebrado?!

— Seria um teste interessante. Entre o social quebrado e o de serviço funcionando, que elevador o Marco Maciel escolheria? Um *rato de laboratório, experimentado em labirintos, costuma resolver bem esse tipo de problema.*

— Ou o Sr. gosta de brincar ou está me levando no deboche!

— De modo algum. Juro que, de improviso, não me ocorre outro tipo de resposta. Se a Sra. me der tempo de responder por escrito...

— Sr. Deodato, quero que o Sr. saiba de uma coisa.

— Estou escutando, Dª Mirtes.

— Minha família é muito importante em Pernambuco.

— Sim? [Deodato sente a mudança de clima. Agora era briga de rua.]

— É uma família de advogados, juízes, desembargadores ...

— Também tentei ser advogado. Faz pouco tempo. Depois de dois anos, desisti.

— Por quê?

— Desiludido. Topei com muito bandido no ramo, entre advogados, juízes e desembargadores Em matéria de bandido, prefiro os de trezoitão aos de martelo na mão.

— Sr. Deodato, minha família teve relações com o Juscelino Kubitschek.

— Relações?

— Sim, relações íntimas.

— Íntimas?

— Sim.

— Eu não. Mal fui apresentado a ele numa festa de casamento. Abraçou-me, e também Dª Sara, como se eu fosse amigo íntimo. Quase acreditei.

— Minha família também se dava com aquele presidente... como é mesmo o nome dele... aquele do olho arregalado.

— Collor.

— Não... aquele dos pés tortos...

— Jânio Quadros.

— Isso!

— Dª Mirtes, o Jânio não tinha os pés tortos. Apenas tirou uma foto...

— Sr. Deodato, meu filho é um cientista. Está estudando na Holanda. Um verdadeiro gênio.

— Parabéns. A Sra. tem aí uma boa razão para estar orgulhosa.

— Tem mais, Sr. Deodato. Meu pai é deputado federal por Pernambuco... [diz um nome que nada diz a Deodato]

— Não o conheço. Como é mesmo o nome dele?

— ... Lá em Pernambuco o prestígio dele é uma coisa. O Sr. nem imagina.

— Aí, Dª Mirtes, a Sra. conta com minha solidariedade e simpatia. Não se deixe abater. Toda família tem seus nomes que pesam. Temos de conviver com eles. Não somos responsáveis pelo que representam de bom ou de ruim. Na minha família, por parte de pai, sou parente próximo do capitão Antônio Silvino. Por parte de mãe, do capitão Jesuíno Brilhante. Ambos cangaceiros de muita fama em todo o Nordeste, principalmente Pernambuco, como a Sra. deve saber. Jesuíno

Brilhante deixou fama de inigualável cavalheiro com as damas. Fama que muito me orgulha. Eu me esforço, mas estou longe de todo esse brilho. Deles só herdei a nenhuma paciência com o leviano e o supérfluo, mas, ainda assim, uma boa educação encobriu a má natureza. Má natureza, revestida de uma casquinha encerada que me permite levar civilizadamente a vida. Mas de quê estávamos falando?

– Nem me lembro, mas me permita lhe dizer que sou do bem e não sou de morar de aluguel. Sou uma mulher de recursos, Sr. Deodato. Só estou aqui enquanto espero pelo apartamento ideal. Vou encontrá-lo e vou comprá-lo. Não há de ter baratas. Aí eu me mando...

– Maldade sua. Terei de encontrar uma ocupação para as manhãs de sábado.

– Por mim, pode começar a procurar desde agora. [bate o telefone]

Deodato estava cansado, mas com medo de dormir e deparar com Dª Mirtes fazendo *psiu!* na cesta de papéis. Recostou-se, esforçando-se para não fechar os olhos. Dª Mirtes, porém, já o observava com uma vassoura na mão e olhar acusador, ao lado de um montinho de baratas cuidadosamente juntadas. Como ela entrara no seu escritório? pensou conformado e sem susto, e como conseguira encontrar tantas baratas? O telefone então tocou mais uma vez. Deodato acordou a tempo de ver sumirem Dª Mirtes e seu montinho de baratas. O telefone continuava a tocar. Deodato decidiu não atender. Sua quota de Dª Mirtes estava esgotada. O telefone parou de tocar. *Ela desistiu*, pensou Deodato. "Sr. Deodato, Sr. Deodato, o Sr. está aí?..." E antes que Deodato respondesse *estou*, a diarista anunciou: "*O homem do 301 quer falar com o senhor!*" O sangue subiu pelo pescoço de Deodato, avermelhou-lhe as bochechas, tingiu-lhe as orelhas e chegou-lhe aos olhos junto com as estrias negras. *Uma peixeira... eu tenho uma... onde está?... tripa empalhada pode ser uma boa recordação do marido para Dª Mirtes...*, pensou enquanto levantava o fone. A voz saiu baixa, gutural e rouca:

– *Diga.*

– *Alô, quem fala?*

– *Diga.*

– *É o Deodato? Quem está falando é o Felisberto. Minha inquilina disse que ia procurar você. Procurou?*

– *Procurou, meu caro.*

– *O que ela queria?*

– *Nada demais, meu caro. Cuidamos de uma barata.*

– *Uma barata? Estou curioso. Qual foi sua impressão?*

– *Limpíssima, meu caro. Limpíssima.*

***

A gravata borboleta

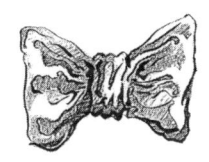

Freitas puxou discretamente o seu relógio de bolso. Passava das cinco, ou, como ele mesmo fazia questão de dizer, das dezessete horas. Acabara o expediente e seus colegas deveriam estar-se preparando para sair, mas não estavam. Pensou em ganhar tempo e foi ao toalete dos homens. Tirou os óculos de tartaruga, umedeceu as mãos com *glostora*, esfregou-as e passou-as com vagar nas têmporas, atrás e no alto da cabeça, tratando seus lisos e ralos cabelos com a dignidade do momento. Tirou o pente do bolso e o sacudiu, purificando-o de impurezas de outras campanhas. Penteou-se como sempre, repartindo o cabelo bem no alto e no meio da cabeça, arrastando-o até às orelhas e daí, num movimento recurvo e sutil, jogando-o todo para trás. Não era agora que, tendo agradado, iria mudar de penteado. Recolocou os óculos, sacudiu do paletó caspas imperceptíveis e, por fim, com o cuidado exigido pelos grandes momentos que exigem grandes gestos, ajeitou com zelo e detalhes de acabamento a reluzente e vermelha gravata borboleta.

Abriu devagar a porta do toalete, saiu, fechou-a com cuidado, voltou à sala e viu, com surpresa, que seus colegas permaneciam sentados à frente de suas mesas, manipulando papéis, carimbos, penas, tinteiros e mata-borrões, com a disposição unânime de recomeço do já vencido dia de trabalho. Retornou a sua mesa, fingiu distrações, dissimulou as inquietações, rearrumou processos empilhados, passando os da direita para a esquerda, os da esquerda para a direita e, pensando melhor, voltando a colocar todos na posição em que antes estavam. Mas que havia? Era uma sexta-feira, dia nacional do chopinho, Bar Luiz e Amarelinho, Elite e Estudantina, Flor do Abacate e Dancing Brasil, e também dia consagrado ao pecado relevado pela tradição e desnecessidade de qualquer explicação. Estivesse ele livre, dançarino emérito que era, estaria a caminho de uma das suas gafieiras prediletas, onde a sua timidez transmudava-se em orgulhoso e competente exibicionismo. Por que ninguém saía, por que ninguém se ia embora? Por que ninguém sentia saudades da própria casa? Por que ninguém desinfetava dali, fosse lá por que fosse?

*

Fechando os olhos, como se com isso pudesse ignorar a própria tensão, rememorou o primeiro bilhete: *"Freitas, me desculpe pela ousadia. Tenho algumas coisas a lhe dizer, mas gostaria de receber algum sinal de que não seria rejeitada antes de você ter certeza de quem eu sou. Um beijo (posso?). Eu"* Quem seria e por que lhe escrevia? *Rejeitada,* assim mesmo, não menos do que isso, e o traço da letra, e o papel perfumado. E ainda havia o beijo *("posso?").* Que fazer? Havia sempre o risco de ser uma brincadeira, mas de quem? De qualquer modo, fosse lá quem fosse a impresumível autora, melhor pensar assim, não havia qualquer indicação quanto ao *sinal* pedido. Deixar o barco correr pareceu a atitude mais sensata.

As tentações deste mundo, portanto, não seriam para Freitas tentações verdadeiras se resumidas a fatos fugazes e momentos voláteis. Claro que havia uma carta, fato concreto, havia a curiosidade felina, mas também havia o medo do ridículo. Resolveu que daria o assunto por encerrado, por sábia prudência, e o guardaria num desvão da memória. Aconteceu que, após três dias de relativa insônia, um fato novo veio revirar as entranhas do milongueiro

Freitas. Aquela menina bonita, de testada e retestada pudicícia, alvo permanente dos bordejos impudicos da maioria esmagadora dos caçadores de troféus que a rodeavam na firma como urubus sobrevoantes a irrenunciável carniça, baixou em seu terreiro na primeira hora do expediente da segunda-feira. A jovem puxou para si a cadeira que Freitas mantinha a seu lado para colegas e visitantes, reforçou o ar tímido e perguntou: *"Posso?"* Freitas respondeu *"Pode"*. Sentou-se. Falaram do tempo, do fim de semana, dos desmandos governamentais, das expectativas de cada um na firma e calaram, por falta do que mais falar. Selminha apoiou as mãos nas pernas, lembrou que *"o papo está ótimo, mas tenho de trabalhar"*, levantou-se, e só então pareceu ver, mas logo cumprimentou, os colegas de sala do Freitas, saindo a seguir contrita, como se houvesse tomado a hóstia, rumo a mais um dia de trabalho.

    Freitas deixou-se ficar atônito, largado sobre a cadeira, fitando sem piscar a sua mesa atulhada de papéis. Sentia-se impotente para pensar, quer isto significasse trabalhar, quer avaliar corretamente o significado da visita de Selminha, sem propósito aparente, à primeira hora do expediente de uma segunda-feira. Estava tocado, percebia-se alvo dos olhares curiosos de todos os colegas de sala. Levantou-se e, sem olhar para os lados, foi tomar um cafezinho na cantina para reaver as forças e matar a imaginação. Recuperou afinal as forças, com dois cafezinhos, o que serviu somente para dar mais asas à imaginação, desconcentrá-lo dos processos e reconhecer, no que lhe dizia respeito, que o dia para a firma estava perdido. Qual o motivo da visita? Por que logo cedo, às nove horas? Por que o *posso?* que o remeteu, no primeiro segundo, ao texto do bilhete? *"Um beijo (posso?). Eu"* Não sabia sequer que existia para Selminha, a quem mal cumprimentava quando se viam casualmente nos corredores. Ela era do tipo *mignon*, clara de pele, cabelos castanhos e olhos verdes, boca e dentes em harmonia, bonitinha, e como! afável e meiga no trato, viva nos movimentos, e no seu todo um natural ar de recato que produzia os mais variados efeitos nas cabeças masculinas do entorno. Freitas ia voltar a sua sala, mas resolveu passar antes no toalete. Foi. Lá, olhou-se no espelho e colocou Selminha em pensamento ao seu lado. No primeiro teste, imaginou-a à esquerda, o que fez Selminha aparecer à direita. Depois, imaginou-a à direita, e Selminha apareceu à esquerda. Ficou melhor. Freitas via-se magro, de peito fundo, com uma incipiente e contraditória barriguinha afrontando o cinto, mas ainda assim elegante no seu todo muito antigo. A diferença de idade, no entanto, vista assim de fora, do espelho para dentro, ficou maior. Freitas pensou *não tem importância, eu sendo o homem,* mas se sentiu inseguro. Não era apenas mais velho, era também mais antigo, pensou de novo, e só isso o incomodava. Mais antigo na cabeça e, portanto, nas idéias, nos gostos, nas atitudes e, como não podia deixar de ser, na linguagem e nas roupas. Principalmente nos óculos. Era possível que Selminha estivesse interessada nele? Voltou para sua sala e ao que pudesse dar ao trabalho naquele dia. E, naquele dia, o que sobrou para o trabalho foi muito pouco.

*

Freitas voltou ao tempo real e olhou em torno. Elvira abriu a gaveta da sua mesa, tirou alguns papéis e os colocou ao lado da sua máquina de escrever, escolheu um rascunho de carta dentre outros feitos pelo chefe, guardou os demais, com cuidado e lentidão, como se tivesse todo o tempo da vida para a operação, e fechou a gaveta. Abriu outra, selecionou ali dentro papel e carbono pelo tamanho, e fechou também essa gaveta. Suspirou fundo, levantou-se, tirou a capa da máquina, dobrou-a procurando seguir a trilha de dobras antigas, rugas formadas pelo tempo e pelo método, e a pôs sobre o lado livre da mesa. Quando Elvira ajeitou e prendeu o papel no rolo da máquina, Freitas entrou em desespero. *Ela resolveu trabalhar, mas por quê?* pensou gaguejando nas idéias, enquanto procurava, através do suor que embaçava as lentes dos óculos, ver as horas no relógio da parede a sua frente.

Cinco e quinze, aliás, dezessete e quinze, corrigiu-lhe por dentro o caráter fóbico do Freitas. *Por que não se vão embora?* Freitas inclinou-se para trás na cadeira e puxou o seu relógio de bolso, esticando-o do bolsinho até ao limite da corrente que o prendia à calça. Ajeitou-se, pigarreou alto, para que todos o olhassem, fez uma pausa e só então o comentário em voz alta, reconferindo repetidas vezes a parede e o bolso, o bolso e a parede: *"É, nem parece, mas já passa das cinco, quer dizer, das dezessete horas."* Nem um só murmúrio de espanto se ouviu, nenhuma menção de retirada se verificou. Mais um segundo e todos voltaram os olhos para o que faziam antes, e retomaram os afazeres de sempre a partir do ponto em que sempre estavam.

*

Freitas fechou os olhos e voltou algumas semanas no tempo, até ao dia em que havia recebido o segundo bilhete: *"Meu querido Freitas, passaram-se os dias e não recebi de você nenhum sinal de que posso me aproximar. Às vezes fico pensando que me expus muito em troca de nada, porque você só transparece indiferença. Ou será que ainda não tem a menor idéia de quem sou eu? Um beijo (será que posso mesmo?). Eu"* Foi quando a ansiedade tomou conta do Freitas. Que sinal, Deus do Céu? e como dar sinal se não sabia a quem dar esse sinal? Por que ela supunha ser tão evidente o fato de que se havia exposto? A não ser quê, salvo se, mas não era possível quê. Definitivamente, Selminha nada tinha a ver com essa história, não fazia sentido. Ou fazia? Que outra coisa tão diferente poderia ter acontecido na vida do Freitas, em tão pouco tempo, senão a histórica, sim, histórica visita matinal da Selminha ao reduto inviolável do mesmo Freitas, para quem, não obstante milongueiro, era sagrada a máxima de que onde se ganha o pão não se come a carne?

Ah! não com Selminha, não com Selminha, repetia contrito em pensamento, porque Selminha justificava toda quebra de convicções e, muito mais ainda, de ditados forjados pelo senso comum. *Ditados não, anexins. Anexins fica mais culto. Selminha me admiraria mais se eu falasse em anexins, em vez de ditados. Ou ela me acharia muito antigo?...* Freitas não parava de pensar, até que, premido pela ansiedade, passou do pensamento à ação. Levantou-se, procurou caminhar com naturalidade, cumprimentou os colegas com quem cruzou no corredor, chegou ao hall, apertou o botão de chamada de todos os elevadores e morreu de vergonha. Morreu de vergonha porque se sentiu apanhado em flagrante de inquietação amorosa, de impulso adolescente ou fantasia senil, incompatível, qualquer que fosse o caso, com a auto-imagem de equilíbrio e racionalidade que fazia de si próprio. Sentiu que os olhares convergiam para ele, que liam o seu pensamento e lhe tomavam o pulso das emoções, que lhe adivinhavam todas as culpas, as reais e as imaginárias, e o seguiriam à sala da Selminha, para ouvir-lhe o derrame das confissões e das revelações, tão recentes e tão intensas, guardadas havia pouco, mas já incabíveis no seu peito encovado e arquejante.

O elevador chegou e o levou ao andar de cima. Foi melhor do que subir as escadas, pensou, porque assim não acrescentou ao suor dos nervos o suor do esforço. Saiu do elevador, andou com passos de condenado o corredor da morte e viu-se diante da porta que separava seus dois destinos, se um homem pode ter dois destinos, o que escolhe e o que a vida lhe dá, como se tudo não fosse a mesma coisa. Abriu a porta e viu Selminha que lhe sorria. Teve a certeza de que, desde tempos imemoriais, a escolha já havia sido feita e somente a ignorância do futuro lhe permitira supor a possibilidade de decidir entre um e outro destino. Sem deixar de sorrir, Selminha apontou a cadeira a seu lado. Freitas deu mais um passo, curvou-se para ajeitar o gesto de sentar e caiu das nuvens. Caindo das nuvens, teve o mau gosto de lembrar-se que cair das nuvens era muito menos perigoso do que cair do segundo andar, como dizia antes Eça de Queiroz, e depois Nelson Rodrigues.

Caiu das nuvens porque, ao curvar-se, viu seu próprio umbigo aflorando de um tufo de pêlos grisalhos entre dois botões da camisa traídos pelo relaxamento de um terceiro. *"Que bom, Freitas, ver você aqui"*, mas Freitas não ouviu, assim como nada ouviu do que foi dito em seguida. Naquele momento, Freitas não tinha ouvidos, era apenas um umbigo emergente entre pêlos grisalhos e a consciência de uma desgraça a derruir seus melhores planos. *"Eu, eu, Selminha..."* e os vinte e cinco dedos não conseguiam levar o botão recalcitrante a sua casa. E foram tantas, tantas as tentativas, que o obstinado desprendeu-se e rolou umbigo abaixo, passou entre as pernas instintivamente apertadas do Freitas e perdeu-se quicando sem pressa nos tacos sob a mesa da Selminha.

*

Trancado no banheiro masculino, orelhas em fogo, miolos em ebulição e coração aos pulos, Freitas olhava-se no espelho e não gostava do que via. Sem camisa, suando frio e em bicas, um peito côncavo muito branco, contrastando com o amarelo do pescoço, os pêlos no entorno do umbigo enrolando-se sem disciplina e sem suavidade, o maior desgosto, entretanto, vinha do próprio umbigo, que lhe parecia mais afrontoso do que em outros tempos. E – reconhecia – estava velho. Ele, Freitas, deuses do céu, estava muito velho naquele espelho que nunca havia freqüentado. Não só antigo nem velho, o que já sabia, mas muito velho. Muito mais velho do que no espelho-amigo-íntimo do andar debaixo. Baixou a cabeça e assim ficou, perdida a noção do tempo e da indignidade da postura. Alguns minutos ou séculos se passaram até que um colega lhe trouxesse a camisa e dissesse, num tom enfático, que Selminha havia resolvido o seu problema.

Freitas pensou em descer às escondidas e agradecer à Selminha por telefone. Pensou melhor e reconheceu que seria indelicado. Voltou à sala e, quando abriu a porta, já encontrou Selminha de pé, a esperá-lo. Estendeu-lhe a mão e lhe disse com inusual economia de palavras: *"Não sei como agradecer. Melhor só dizer obrigado! Já vou. Tenho de trabalhar."* Selminha matou o sorriso, entristeceu o rosto, que aproximou do rosto de Freitas, perguntou num murmúrio *"Posso?"* e beijou-o nas duas faces, um segundo a mais do que o presumivelmente correto. Não teve tempo de ver os dois olhos arregalados no rosto de um Freitas em estado de choque.

*

Freitas abriu os olhos lentamente. Sentiu que havia dormitado enquanto rememorava aqueles acontecimentos de um passado recente. Agora estava a sós com Elvira. Os outros colegas de sala tinham ido finalmente para as suas casas ou para os apelos de toda sexta-feira. No entanto, na mesa em frente, Elvira trabalhava, trabalhava e trabalhava. E Freitas via naquela obsessão de Elvira pelo trabalho extemporâneo uma implicância pessoal, uma perseguição inexplicável, mas evidente. Passava das seis – e Freitas fez das tripas coração para não se tornar tão mais antiquado a ponto de pensar em dezoito horas. Mas pensou.

Talvez fosse mais maníaco do que antiquado, ponderou com os seus botões. As lembranças da infância eram um repositório de manias. Via-se pequerrucho, disputando velocidade com a própria sombra. Fingia andar distraído e pulava de súbito, olhos fixos no chão, tentando registrar uma fração de segundo em que o corpo deixasse para trás a sua sombra. Não admitindo perder a disputa, pois se identificava com o seu corpo e não com a sua sombra, ao mesmo tempo em que reconhecia se haver metido numa competição dolorosa, dava um último pulo, buscando um registro favorável num olhar apenas relanceado, beneficiando-se da dúvida e deixando para próxima peleja a decisão final. Via-se também ajeitando os sapatos ou os chinelos ao lado da cama, antes de dormir. Tinham de compor uma figura simétrica em relação a um eixo imaginário, perpendicular, que passava entre os dois pés, fazendo um ângulo reto em relação à base, outra linha imaginária tangente a ambos os calcanhares. Suor e cansaço era o que muito despendia, até que a figura ficasse rigorosamente simétrica, como deveria ficar.

Freitas havia crescido, tornara-se adolescente e só então, a muito custo, livrara-se dessas e de outras manias, e abandonara a idéia de que era doido. A partir daí e ao longo da vida, adquirira manias menos ostensivas, mais introvertidas, disfarçáveis perante si mesmo e terceiros – acreditava – e de insignificante labor emocional. Entre elas o uso obrigatório da gravata borboleta às segundas-feiras. Não sabia como, adotara a crença de que gravata borboleta às segundas era garantia de sorte para toda a semana. E raramente repetia o modelo. Sua coleção de gravatas borboletas era incompatível com o pouco uso. Abundava na variedade. Caprichava no gosto. Combinava gravata, terno e camisa com apuro também maníaco. Se o crente inventou a crença, a crença construiu o crente. Às segundas, Freitas era feliz como um passarinho livre de gaiolas e de predadores.

Elvira parecia não querer ir para casa ou qualquer outro lugar. Parecia decidida a ficar ali, tomando conta do Freitas. E Freitas, enquanto esperava, pôs-se a rememorar o lance definitivo que desencadeara a mais violenta paixão da sua vida.

*

Era uma segunda-feira, a primeira segunda-feira depois da sexta-feira em que visitara a Selminha. Freitas estava de gravata borboleta, como sempre, e, como nunca estivera, transbordante de excitação e quase felicidade. Um mínimo de dúvida ainda o torturava. O acaso lhe tirara a chance de falar à Selminha olhando-a nos olhos – maldito botão – , mas aquele *"Posso?"* na despedida lhe dera a quase certeza de que era ela, a Selminha, a autora dos bilhetes. Quase felicidade, porque quase certeza. E quase certeza, porque ainda lhe passava pela cabeça que podia ser coincidência, apesar de todas as evidências. Freitas, assim quase feliz, chegou ao trabalho, entrou na sua sala, cumprimentou os colegas, sentou-se, mexeu em alguns papéis ao acaso, como se buscasse reconhecê-los, viu um bilhete dobrado e grampeado em excesso, como se guardasse um segredo, sentiu-lhe o discreto cheiro de perfume francês, pois entendia de cheiros, reparou que era dirigido ao *Sr. Freitas*, procurou o remetente, não tinha, tirou os grampos com a faquinha de estimação, abriu-o e leu, uma, duas, três, um sem-número de vezes, até que acreditou no que viam os seus olhos, os olhos que a terra um dia haveria de comer. E, consumido pela paixão, decorado o texto, ainda teve o pensamento de que era muito antiga e horrível a expressão *com estes olhos que a terra há de comer.* Mas foi nela que pensou, nada a fazer. E ardendo em fogo e febre, recitava para si próprio, sem pausa, num murmúrio religioso e incessante – o bilhete, a quase carta que havia recebido:

"Meu amor, desculpe-me, mas não agüento mais esta tortura. Dia após dia, tenho dito a mim mesma que vivo uma ilusão. Que você jamais me dirá o que quero ouvir. Ou você não tem mesmo a menor idéia de quem sou, ou, e isto seria o pior de tudo, sabe quem sou e não me dedica o menor afeto, muito menos o amor com que tenho sonhado. No entanto, embora quase desesperançada, faço a última tentativa. Hoje é segunda-feira, o dia da semana em que você vem de gravata borboleta. Ainda não o vi, mas, para a mulher irremediavelmente apaixonada que sou, imagino que você esteja charmoso e elegante. No momento em que escrevo, ainda não o vi, mas pode ter a certeza de que o verei. E o verei quando você não estiver esperando me ver, e de uma maneira tal que não terá dúvida de que eu sou eu. E sabendo que eu sou eu, há de fazer o que agora lhe peço. Meu querido, se você me quiser, se quiser que eu seja sua, repita durante toda a semana a gravata borboleta que hoje está usando, e que ainda nem sei qual é. Se o fizer, terei a certeza de ser correspondida, e na sexta-feira tomarei a iniciativa, não digo de procurá-lo, porque sou tímida, apesar desta aventura louca, mas de me fazer encontrar por você. Um beijo. Posso? Eu."

Freitas arquejava, tossia em seco, suava em nervos, e pensou que morria a melhor das mortes. Veio-lhe uma vontade incontrolável de urinar, de lavar o rosto para limpá-lo das bagas de suor, e de tomar um café, talvez dois, para colocar as idéias no lugar. Porque os sentimentos, não. Porque as emoções, não. Estes e estas eram todos... de quem, deuses do céu? De quem? Não tinha evidências ainda. Não tinha por que supor... Loucura das loucuras. Melhor não pensar, foi o que pensou. Melhor não pensar para não sofrer. Assim pensou e assim sofreu. Levantou-se em seguida. Sentiu-se observado. Fez menção de tirar o paletó, mas voltou atrás. O suor abundante, que lhe empapava a camisa, o denunciaria. A testa gotejava e os pingos escorriam das sobrancelhas para os olhos, que ardiam. A boca estava seca. Sentiu que tinha uma baba sólida em cada canto dos lábios. Tirou-a com o indicador e o polegar. Não disse sequer uma palavra. Tinha medo de que os lábios ressecados se colassem à gengiva e se lhe arreganhassem os dentes. Foi até à porta, abriu-a e saiu.

Ainda segurava a porta e já não acreditava no que estava vendo. Realidade ou delírio, ela estava ali, diante dele. *Ela está linda,* pensou Freitas. E Selminha sorria diante do Freitas. E Freitas segurava a porta. E enquanto a mantinha segura, tentava decidir se a fechava atrás de si ou se convidava Selminha a entrar. E Selminha não ajudava, apenas esperava. *Ela está linda,* pensava e repensava o Freitas, como se o seu cérebro fosse um disco arranhado. E Selminha por fim ajudou-o. Ajudou-o, mas sem antes conferir se os botões da camisa do Freitas estavam em ordem e presos nos seus lugares. Pelo menos foi o que sentiu o Freitas, com voluptuosa vergonha, enquanto aceitava o convite de Selminha para irem ambos tomar um cafezinho na cantina da firma.

*

O cafezinho foi tomado, e o conversado foi o convencional – o tempo, que esfriava e esquentava sem critério; o incrível descaso das autoridades de todos os níveis, em relação aos problemas do país e da cidade; as promoções justas ou injustas de colegas mais ou menos antigos, mais ou menos competentes, mais ou menos simpáticos ou antipáticos; as notícias sobre a negociação entre representantes do sindicato e da firma, com vistas ao próximo acordo salarial; enfim, o de sempre –, porém, para desespero do Freitas, nenhum indício, sequer a mínima pista, menos ainda qualquer sinal dado pela Selminha de que pudesse ser ela a autora dos três bilhetes. No entanto, pelo sim, pelo não, Freitas entregou-se à paixão, e, o que chamou a geral atenção, durante toda a semana, desde a segunda-feira até a sexta-feira em que agora se encontrava, foi que o nosso Freitas desfilou com uma vermelha e reluzente gravata borboleta pelas dependências da firma, cumprimentando a todos os circunstantes com suplicante e inarredável sorriso, ao mesmo tempo que tentava explicar o porquê dessa gravata, e sempre a mesma, em todos os dias da semana. *"Promessa, promessa..."*, e mais não dizia, assumindo contrito a melhor forma da sua verdade.

E agora estava ali, em sua sala, o nosso elegante, tenso e apaixonado Freitas. Aguardava que Elvira se fosse, que o deixasse a sós, para que se cumprisse o seu destino ou pudesse ter a liberdade de ir atrás dele. Porém, Elvira não saía. E não saindo Elvira, entrou na sala, com ar discreto e alienado, um velho e cansado contínuo, recém-promovido a supervisor dos serviços de higienização dos locais de trabalho. Ou, se preferirem assim, o fiscal da limpeza. Olhou para um lado, olhou para o outro, pareceu surpreendido de ver não somente um, mas os dois no local de trabalho, àquelas horas, e falou, quase pedindo desculpas: *"Boa noite a todos. Com licença. Sr. Freitas, estão pedindo que o Sr. compareça à cantina. Estão esperando pelo Sr."* Freitas procurou ganhar tempo, para assimilar e acreditar: *"A cantina..."* e tossiu para limpar a voz rouca. *"A cantina ainda está aberta?"* O fiscal entendeu que não precisava responder, balbuciou *"com licença"* novamente, e retirou-se.

    Freitas levantou-se, empertigou-se, abriu e sacudiu as abas do paletó, mais para se abanar do que se compor, abotoou-o e foi em frente, com uma pasta na mão e Selminha na cabeça. Parou diante da porta da cantina e tentou adivinhar o que ou quem havia lá dentro, onde não havia sons nem movimentos. Não havia mais que refletir. Abriu a porta devagar, mas com firmeza. Por um segundo foi tomado pela escuridão. No segundo seguinte, surpreendeu-o um banho de luz e a visão de um quarteto masculino, também de reluzentes e vermelhas gravatas borboletas. No terceiro segundo, quatro bocas sérias e ensaiadas declamaram em jogral:

> *O que tu chamas tua paixão*
> *É tão-somente curiosidade.*
>
> *E os teus desejos ferventes vão*
> *Batendo as asas na irrealidade...*
>
> *Curiosidade sentimental*
> *Do seu aroma, da sua pele.*
>
> *Sonhas um ventre de alvura tal,*
> *Que escuro o linho fique ao pé dele.*

    Freitas admirou-se de não se voltar e ir embora. Chocado estava, maravilhado também. Selminha dissolvia-se, mas o momento de poesia era um ganho impensável havia poucos segundos. Talvez pela beleza da escolha, talvez pela verdade da mensagem, talvez pela postura subitamente séria do quarteto, talvez pela evidência instantânea – estava leve. Não havia dúvida. Num instante, reconhecia Freitas que chamava de sua paixão o que era tão-somente curiosidade. Um castelo de ilusões desmoronava com decepção, mas quase alegria. Continuou a ouvir.

> *Dentre os perfumes sutis que vêm*
> *Das suas charpas, dos seus vestidos,*
> *Isolar tentas o odor que tem*
> *A trama rara dos seus tecidos.*
> *Encanto a encanto, toda a prevês.*
> *Afagos longos, carinhos sábios,*
> *Carícias lentas, de uma maciez*
> *Que se diriam feitas por lábios...*

Se olhasse em volta, veria Freitas que já não estava só. Um faxineiro e sua vassoura, infiltrados em silêncio, estavam colados à porta, no lado de dentro, aguardando uma possível expulsão.

> *Tu te perguntas, curioso, quais*
> *Serão seus gestos, balbuciamento,*
> *Quando descerdes nas espirais*
> *Deslumbradoras do esquecimento...*
>
> *E acima disso, buscas saber*
> *Os seus instintos, suas tendências...*
> *Espiar-lhe na alma por conhecer*
> *O que há sincero nas aparências.*

E os seus desejos ferventes vão
Batendo as asas na irrealidade...
O que tu chamas tua paixão
É tão-somente curiosidade.

Freitas ouviu até ao final, sem nada dizer. Quando o quarteto terminou, alguns aplausos explodiram. A turma da limpeza estava presente e gostou do que viu e ouviu. Os quatro jograis ficaram calados e confusos, enquanto Freitas somente os olhava. Depois, Freitas deu as costas sem um lamento e voltou lentamente para a sua sala. Estranhamente estava alegre e triste, certamente mais triste que alegre, porém mantinha o coração isento de revolta. Não mais haveria amor, mas tampouco o risco de servidão humana. Poderia continuar velho e antiquado, elegante e charmoso ao modo e ao gosto da sua clientela habitual das sextas-feiras à noite. Não precisaria abandonar seus óculos de armação de tartaruga, nem o penteado de século dezenove. Não seria consumido por ciúmes dos jovens. A brincadeira fora de um longo e trabalhoso mau gosto, mas Manuel Bandeira a redimira. Estava mais espantado com a sua reação do que triste pela frustração. Qual era mesmo esse poema de Manuel Bandeira? *Poemeto Irônico*. Isso, era *Poemeto Irônico*. Tinha as suas leituras, gostava de Manuel Bandeira, daí a certeza de que era *Poemeto Irônico*, que, por pura ironia, era um dos seus poemas preferidos, dentre os seus preferidos do poeta. Então, melhor viesse de Manuel Bandeira, como veio, o chamado à realidade, a volta à rotina, porque, pensando bem, cabeça no lugar, de fato a sua paixão não passava de uma excitante e laboriosa criação da curiosidade.

Fechou a porta às suas costas e teve a surpresa de encontrar Elvira sentada a sua mesa, com a cabeça apoiada nos braços. Não entendia antes por que Elvira havia ficado no serviço até tão tarde, não entendia agora porque Elvira chorava. Aproximou-se e teve um estalo. *"Também com você, Elvira?"* Elvira acenou que sim com a cabeça, sem levantá-la. *Está bonita*, pensou Freitas, entrevendo-lhe o rosto. *E não é tão criança*. E surpreendeu-se mais uma vez, agora pelo que pensou e por não haver pensado antes. Afinal, Elvira era sua colega de sala havia alguns anos.

*

Subiram a escada de mãos dadas. Mal se haviam sentado e já achavam ambos que nunca a Estudantina estivera tão animada, que nunca a música estivera tão boa, que nunca o conjunto havia tocado com a inspiração e o apuro do momento. Foi quando o conjunto, sem pausa, passou aos tangos. *Por una Cabeza* foi uma convocação aos corajosos e competentes. Esvaziou-se a pista de dança. Levantaram-se e apresentaram-se Freitas e Elvira, aliás Elvira e Freitas, como pensou Freitas, um cavalheiro. Passava das oito da noite, aliás, das vinte horas, pensou também o Freitas, mas agora sem tortura. Riram-se porque sabiam que tango era uma especialidade dos dois. Elvira ajeitou a gravata borboleta do Freitas. *Ele fica elegante com ela,* pensou e surpreendeu-se com a observação. Nada falaram, deram-se as mãos e, com todos os olhares concentrados neles, principiaram a dançar como um par ensaiado por longos anos. E foram felizes por todo o tango.

***

A perna mecânica

"*Moço, isso aí não é homem não, não é?*" Alfredo, ofendido no fundo e na forma, respondeu com um "*Não*" seguido de um "*Me respeite, rapaz, que eu sou cabra macho, filho de nordestino macho, de família macha, nascido numa terra de machos, e portanto, macho de família e de geografia*". O vigilante ouviu, pensou e justificou: "*Sabe como é, não é, doutor? Nada contra, mas os homens daqui não gostam... Se descobrem, estou na rua. Eu, por mim, até finjo que não vejo, pode crer. Olha, acho até que é o melhor que faço. Bem, o que vai ser, apartamento ou suíte?*" Alfredo pensou em dizer muita coisa, resolveu que ia responder apenas *suíte*, mas uma voz sumida, vinda de um corpo agachado à frente do banco do carona, semi-oculto por um enorme lenço de cabeça e avantajados óculos escuros, antecipou-se: "*..coisa simples... pede coisa simples.... chama menos atenção...*" Alfredo abaixou-se e sussurrou: "*Como? Que disse?*" O vigilante, tomado de súbito interesse, pôs meio corpo para fora da guarita e esticou a orelha, para ver e ouvir melhor, mas em vão. "*Olha, doutor, estou acreditando no senhor. Não vou nem pedir para ele...herr..., quer dizer, para ela mostrar o rosto. Suíte, não é? Afinal, o senhor merece e não vai fazer por menos, não é verdade? A vida está aí para ser gozada, não é verdade? E de que forma o Sr. vai gozar a vida não interessa a ninguém, não é verdade? Cada um sabe de si.*"

*

Alfredo espumava de raiva. Não era exatamente o que idealizara para início de uma tarde romântica. O processo havia sido longo, pontilhado de avanços e recuos, e o território havia sido conquistado palmo a palmo. Tudo começara com a Internet, mais precisamente com o correio eletrônico. Num certo dia, Alfredo recebeu uma mensagem sobre o valor da amizade como fator de felicidade pessoal e semente da paz universal. Era uma mensagem bonita, mas do tipo corrente. Depois de declinar as virtudes e a importância da amizade como a mais bela forma de amor ao próximo, seu parentesco com a caridade, da qual era ante-sala, suas vantagens práticas sobre o egoísmo, tudo com apropriadíssimo fundo musical, culminava com terríveis ameaças àqueles que por desinteresse na causa do amor universal e incondicional, por preguiça ou qualquer forma de desídia, enfim, fosse lá por que fosse, deixasse de passar adiante tão bela peça de exaltação à solidariedade humana. Por não acreditar nessas ameaças, um domador fora mastigado e cuspido fora, diante do seu público, por um leão velho e desdentado num circo mambembe em Caruaru; uma socialite paulista havia deparado, durante o mais importante evento social do ano, com sua maior rival trajando vestido idêntico ao seu, que um estilista de fama internacional, muito bem pago e à vista, lhe assegurara ser peça única e exclusiva; um padre americano pedófilo, que se julgava posto em sossego na sua paróquia, às vésperas da sua aposentadoria, fora denunciado por trinta e três ex-coroinhas, agora pais de família de súbito revoltados, etc., etc.

Alfredo não tinha leões, socialites, estilistas ou coroinhas nas suas relações, mas, depois de muito ponderar, concluiu judiciosamente, embora sem originalidade nenhuma, que cautela, assim como caldo de galinha, não fazia mal a ninguém, menos ainda a ele, Alfredo, para quem, se houvesse possibilidade de algo dar errado, daria. Isto porque – e era uma constatação de muitos anos – em matéria de sorte, só costumava ser premiado pelo avesso, ou seja, vira e mexe era agraciado com pequenos infortúnios, a exemplo de dejetos de pombos esvoaçantes em praça pública, tal como lhe acontecera duas vezes no último mês, e nem mesmo em quermesses jamais conseguira pescar sequer uma garrafa de vinho ordinário. Portanto, foi uma conveniente prudência que o levou a repassar a mensagem recebida a meia dúzia de amigos.

Julgava-se livre das ameaças repassadas quando, cerca de quinze dias depois, recebeu da mesma pessoa a mesma mensagem. *Tal e qual os pombos*, pensou. Indignado, utilizou a janela *responder* do seu correio eletrônico para queixar-se ao remetente da *reincidência incabível e desatenciosa*, conforme os próprios termos em que a definiu. "*O cidadão queria o quê?...*", indagou em outra mensagem o recente desafeto virtual, que se assinou Eunice. *"O cidadão queria o quê? Não tenho mais de seis amigos ou amigas. Seu e-mail, consegui-o dentre outros e-mails que me foram encaminhados por gente que não conheço. Recebi essa mensagem de volta e a repassei às mesmas vítimas. Internet tem dessas coisas, não respeita intimidade. Entre correr o risco das pragas rogadas e lhe reenviar a mesma mensagem, não tive dúvida. Reenviei-a. Também, cansei. Não envio mais. O cidadão é um chato. Bastava clicar em 'excluir.' Adeus."*

Alfredo oscilou entre a irritação pelo *chato* e o reconhecimento de que vida de internauta tem o seu preço. Tinha horror de ser chamado *chato*, e *chato* era opinião freqüente e recorrente que os seus amigos tinham dele, sempre que ele os contraditava com argumentos chegados a números e demonstrações analógicas. Vindo de amigos, tudo bem. Porém, uma estranha sentir-se à vontade para chamá-lo *chato* era algo que o incomodava. Eunice precisava saber que ele não era um chato. Imaginou um modo de ser agradável. Engenheiro eletrônico, familiarizado com as matemáticas, esforçou-se por compreender as razões de Eunice e demonstrá-lo. Matematicamente, é claro.

Alfredo:

> *"Sim, Eunice, você tem razão. É difícil ter seis amigos. E se os amigos dos nossos amigos tiverem seis amigos, um deles há de ser mesmo um de nós. Que jeito? Olhe, é fácil entender. Preste atenção. Que acontece com qualquer corrente que parte do princípio de que a mensagem deve ser repassada a outras seis pessoas? No primeiro passo, ela é repassada a seis pessoas. No segundo passo, cada uma dessas seis pessoas a repassa a outras seis. Veja bem. Neste segundo passo já são seis pessoas repassando cada uma para mais seis. Seis vezes seis igual a trinta e seis. Vá fazendo as contas com uma máquina de calcular. Vá multiplicando por seis cada número encontrado. Com apenas doze passos você terá alcançado a terça parte da humanidade. O décimo terceiro passo estará além da capacidade de cálculo da sua calculadora, e, com toda a certeza, você, se pudesse, teria alcançado muitas vezes o número atual de pessoas existentes neste mundo. Já pensou se ninguém cortasse a corrente? Em pouquíssimo tempo você teria de repassar a seis amigos os mais de seis bilhões de mensagens recebidas de todos os habitantes deste planeta. Algo muito além da memória do seu micro e da velocidade da sua banda larga. Uma impossibi-*

lidade. Tampouco as pragas rogadas poderiam dar conta do recado, por falta de fôlego. As correntes são feitas para ser cortadas. Portanto, quando quiser, não faça cerimônia. Me repasse o que lhe der na telha. Vou instalar no meu micro um programa antipraga. Abraços atenciosos. Alfredo."

Eunice:

"Alfredo, além de chato, o cidadão é irônico e mordaz. Tenho de admitir, no entanto, que é um chato com fundamentos lógicos, matemáticos e informáticos. Fosse eu dada a adivinhações, diria que o cidadão é engenheiro eletrônico. Eunice"

Vamos pular todas as etapas que, via Internet, fizeram das relações entre Eunice e Alfredo o que parecia ser, a princípio, como diria o chefe de polícia de *Casablanca*, o início de uma bela amizade. *Parecia ser*, porque o decorrer do tempo e o destino, com uma mãozinha dos dois internautas, transformaram o que poderia ser uma bela amizade em algo que caminhava para um amor platônico, o que já era muito para a índole conservadora dela, avessa a amores extraconjugais, ainda que platônicos, e também para o temperamento pacato e preguiçoso dele, que imaginava uma amante, mesmo virtual, como algo mais trabalhoso que dez esposas, e logo ele, que já sofria com uma esposa mais trabalhosa que dez amantes. Porém, com um pouco mais de tempo e um pouco mais de destino, além de um adjutório a mais dos dois internautas, que afinal não eram de ferro, o que parecia caminhar para um amor platônico acabou por transmudar-se em algo mais que toma forma neste exato momento em que o descrevemos. Basta dizer que Alfredo, para Eunice, deixou de ser um *chato*, ou um *cidadão chato*, passou para *prezado Alfredo*, mais adiante para *caro Alfredo*, e logo logo *querido Alfredo*; e Eunice, para Alfredo, passou a ser mais que um nome na caixa de entrada do seu correio eletrônico. Passou a ser *estimada Eunice*, depois *querida Eunice*. E tão logo Alfredo arriscou com sucesso um *doce Eunice*, aquele nome Eunice, visto em negrito, encabeçando a mensagem tão esperada do dia, que ele procurava avidamente no seu correio, ao chegar em casa à noite – aquele mesmo nome, antes visto com olímpica indiferença, passou a ser o responsável por intermináveis taquicardias. Por ora, como informação sobre os dois, temos o suficiente. Cada coisa a seu tempo.

Acrescente-se apenas que nada foi tão gratuito como pode parecer à primeira vista. Na verdade, houve um fato catalisador das emoções e sentimentos insuspeitados que pairavam no éter. Certo dia Eunice, entediada na sala de espera do seu dentista, e sem outro passatempo disponível senão um folheto didático de eletricidade elementar para leigos curiosos, esquecido sobre a mesinha a sua frente, abriu o dito folheto ao acaso e deparou com uma palavra que lhe pareceu de beleza ímpar – *impedância*. Fechou os olhos e, movida por qualquer dos recursos maléficos que o canhoto aciona em certas circunstâncias, imaginou o seu Alfredo virtual a lhe explicar com muita ciência e carinho os mistérios da impedância. Fechou também o folheto. Precisou de muita paciência para manter a boca aberta por tanto tempo diante do seu dentista. Ao chegar em casa, ligou o micro, irritou-se com a lentidão do seu equipamento superado – *Vou trocar essa porcaria*, pensou – entrou no correio eletrônico, e enviou logo, logo uma ansiosa mensagem ao *Queridíssimo Alfredo*, em que pedia o esclarecimento científico que ele pudesse dar, porque em matéria de sonoridade estética a palavra *impedância* falava por si. Quando, na longa resposta, Alfredo arriscou *Doce Eunice* e discorreu sobre circuitos elétricos abertos e fechados, com a competência e a minúcia de sempre, o rabudo, que vinha tramando com paciência, arrematou o seu crochê.

*

A pancada foi violenta e jogou Alfredo de joelhos ao chão. Carro na garagem da suíte, Eunice ainda encolhida e agachada, Alfredo deparou com a porta de correr emperrada, pendurou-se no gancho da porta para fazê-la descer, largou o seu peso, encolheu as pernas balançantes ao vento, e a porta desceu de repente na sua moleira. Foi só Alfredo dobrar os joelhos e gemer as suas dores – e Eunice, cega por ter os olhos no assoalho e nos óculos escuros, soltou o grito *"Alfredo, pelo amor de Deus, que foi que você fez?!"* que ecoou por todos os apartamentos então lotados, pois era o final da tarde de uma sexta-feira.

Em poucos segundos, a turma de apoio chegou, prestou os primeiros socorros a Alfredo, calou as imprecações de Eunice e salvou mais uma vez a reputação do motel, famoso pela boa qualidade dos serviços, discrição comprovada e seriedade acima de qualquer suspeita.

*

Eunice chorava e com as mãos cobria o rosto. Sentada numa das poltronas que rodeavam a cama, era, toda ela, um profundo lamento: *"Que estou fazendo aqui, Deus do Céu, que estou fazendo aqui? Alfredo, me ajude, me tire daqui! Vamos embora, pelo amor de*

Deus! Todo mundo já me viu!" Alfredo, sentado à beira da cama, resmungava e, enquanto conferia se o ferimento e o curativo estavam nos seus devidos lugares, balbuciou: *"Você queria o quê? Primeiro concordou em almoçar; depois queria se esconder. Só podia ser aqui ou em lugar parecido. Eu podia adivinhar que a coisa ia dar nesse bode todo? Se você não gritasse tanto, aquela multidão não teria invadido a garagem e o apartamento."*

A cabeça latejava e Alfredo parecia conferir, a todo instante, se ela ainda estava ali, em cima do pescoço. Avaliou a situação, captou o ritmo das lamúrias de Eunice e entrou na pausa entre dois soluços: *"Agora a gente vai almoçar, não vai? O preço inclui a promoção de almoço para o casal. Um prato para cada um. A gente não vai desperdiçar..."* Não chegou a levantar-se para procurar o cardápio. *"Eu, nessa angústia toda e você nem aí, só pensando em comer. Você não parecia ser assim, tão egoísta e tão pão-duro. Vamos embora. Não posso chegar em casa desse jeito, toda descomposta. Vou lavar o rosto e vamos embora. Ó meu Deus, perdoai-me!"*

*

Sentado estava à beira da cama, sentado permaneceu. Alfredo havia perdido qualquer intenção de iniciativa. Assim agora, como antes e sempre na vida. Tinha em casa uma mulher desagradável e reivindicadora, além de três filhas que eram em tudo semelhantes à mãe, inclusive no propósito de fazer dele um estranho em sua própria casa. E por que não saía? Por que não se ia embora? Por que ficava entregue à própria sorte? Não saía, não se ia, apenas ficava. Ficava pela impossibilidade de imaginar portas. Ficava porque dava a sua vida o sentido de um circuito fechado, uma via sem saída que levava sempre à mesma sucessão de fatos irritantes e repetitivos, embora, pela repetição sem fim, tivessem deixado de ser, há muito tempo, fatos de horror, como se ele fosse passageiro de um surrado e sempre revisitado trem-fantasma de parque de diversões do interior.

    Recolhendo-se ao banheiro, choro lavado e enxugado, Eunice repunha a pintura, olhando-se no espelho. Pensava em que, no sentido figurado, chorar e repor a pintura era sempre o que fazia na sua rotina de vida. Casara para ter filhos – ou para sair de casa e tornar-se livre, nem ela mesma sabia de quê – e tivera três filhos homens que a maltratavam tanto quanto a maltratava o marido. Não por maldade, mas por desinformação do que era uma mulher ou uma mãe. Pelo menos era esta a desculpa que ela, Eunice, conseguia para ele, marido, e para os filhos. Após o acidente de carro, do qual o marido saíra gravemente ferido, Eunice aumentou o seu grau de submissão, como se fosse a responsável pela tragédia. Estava no carro dirigido pelo marido ébrio, e vira o trabalho que os bombeiros tiveram para retirá-lo das ferragens. Seu sentimento de culpa vinha do asco que tivera ao ser atingida pela massa azeda e informe do vômito de álcool e frituras expelida pelo marido semiconsciente. O cheiro de vômito e, mais repugnante ainda, o de açougue, e o barulho da serra elétrica nas ferragens do carro e nas carnes do companheiro entorpecido pelo anestésico, acompanhavam-na em todos os momentos da vida, e ali mesmo, naquela suíte de motel, estavam presentes com toda a sua carga de culpa.

*

    Eunice trancara-se no banheiro, não só para retocar a pintura mas também para espantar a tentação, não obstante a indignação pelo apetite exacerbado de Alfredo. Pronta e retocada, na pintura e na alma, girou a chave para abrir a porta e sair. A princípio, Alfredo, ainda sentado à beira da cama, ouviu os ruídos da chave na fechadura; depois, as batidas no lado de dentro da porta do banheiro; por fim, os gritos angustiantes e as frases soltas de Eunice: *"Alfredo, seu canalha, abra essa porta. Patife! Safado! Covarde! Que papel sujo! E eu acreditei em você! Agora você pode chamar o meu marido, seu ordinário! Recebeu quanto pela sua traição? Eu só queria almoçar com você... Eu não mereço isso... Você sabe que eu não mereço... Eu não mereço... Eu não..."* Um choro convulso podia ser ouvido nos apartamentos vizinhos, quando, de imediato, o pessoal de apoio já esmurrava a porta da suíte para inteirar-se dos acontecimentos.

*

O tumulto durou o tempo suficiente não só para que a equipe de manutenção cumprisse o seu papel, arrombando a fechadura emperrada da porta do banheiro, mas também para que a equipe de segurança checasse as verdadeiras razões da presença do estranho casal naquele até então respeitabilíssimo motel. Razões que não seriam as do amor, supunha-se.

Alfredo confirmava as razões do amor, jurando que outras não havia. *"Sabe como é..."* explicou-se o gerente, *"... o barulho que vocês estão fazendo não é normal e já traz inquietação aos demais hóspedes, gente que vem aqui em busca de paz e sossego para melhor curtir momentos de amor."* Alfredo assegurou, mais uma vez, que também ele e sua companheira tinham apenas as razões do amor, embora ele, pelo adiantado da hora, estivesse sucumbindo às razões da fome. Crendo ser oportuno, indagou do almoço promocional e desolou-se com a notícia de que o horário promocional havia ficado para trás. Eram quase horas de jantar, e o jantar corria por conta dos prezados hóspedes, esclareceu o gerente.

Eunice tudo ouvia e, refeita do susto, contrapunha o remorso do seu destempero calunioso à irritação que lhe causava a fome promocional do Alfredo, homem relativamente moço que deveria estar dando prioridade a outros apetites, mas não estava. E não estava talvez porque ela – Eunice reconhecia – estivesse em clima de ir correndo para casa, mais uma vez disposta a entender marido e filhos, e, desta vez, a também sofrer por conta da sua possível culpa no desvio da libido do seu amante virtual. Assim dividida, mas ainda indignada, deu as costas para os dois, Alfredo e gerente, desprezando um e se escondendo do outro. Afastando-se, chegou à janela e viu que esta e as demais ficavam sobre as garagens que tinham saída para o pátio a sua frente. Notou um movimento certamente anormal lá embaixo. Um carro maior, tipo furgão, estava estacionado de traseira voltada para a garagem da suíte ao lado. A maioria dos empregados do motel deveria estar presente ao acontecimento. Um burburinho e um rápido chega para lá antecederam a passagem de uma maca coberta com lençol, saindo da garagem vizinha em direção ao furgão. Foi quando eclodiu a gritaria generalizada, e a maca e o seu conteúdo se desfizeram diante da pequena multidão. O corpo descoberto de um homem deslizou, descomposto, da maca inclinada e largada. Uma perna autônoma rolou mais à frente. *"É mecânica! É mecânica!"* bradou e debandou o poviléu curioso.

    Eunice deixou a janela às pressas, desceu as escadas tomando a frente ao gerente, saiu pela garagem, conferiu, numa fração de segundo, a perna largada e rolada, segurou pelos cabelos a cabeça do defunto e virou para si o rosto de olhos semi-abertos que estava emborcado no chão. Era ele, sem dúvida. Eunice abandonou aquela cabeça, pulou sobre a perna mecânica, pela última vez atravessada no seu caminho, atropelou o gerente que acabava de descer, voltou a subir as escadas, de dois em dois degraus, e uma vez lá em cima, com voz compassada e firme, falou grosso – para o Alfredo e para o resto do mundo: *"Alfredo, meu querido, você não vai almoçar nem jantar. Não vai ter tempo. Avise em casa. Você só vai chegar para o café da manhã."*

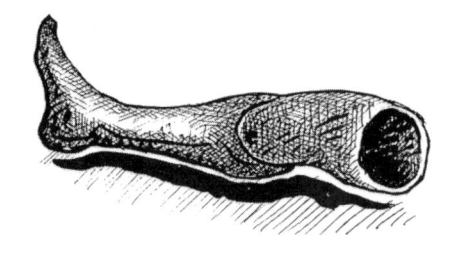

***

Garota de programa

Tinha sido um dia cheio. Quando tudo indicava que nada de pior poderia acontecer, por tudo de ruim que já havia acontecido no seu trabalho, João mandou parar o táxi defronte ao seu edifício. Morto de cansaço por conta de um balanço que custara a fechar, pagou a corrida, desceu do carro, acordou o vigia noturno que demorou a atender o porteiro eletrônico, atravessou o corredor que levava ao elevador social, subiu ao seu apartamento, deu um beijo de boa-noite na mulher, entrou no quarto, apalpou-se para ver por onde começar a esvaziar os bolsos, saboreando por antecipação o seu habitual banho morno noturno, e entrou em pânico ao verificar que um dos bolsos estava vazio.

Repetiu várias vezes o gesto de apalpar-se, percorrendo bolso por bolso, até se convencer de que dinheiro, cartões de crédito e documentos pessoais estavam perdidos. Só então – imagem do desânimo – começou a pensar. Pagara a corrida de táxi. Portanto, até àquele momento, a carteira estava em suas mãos. Deveria tê-la posto em seguida no bolso do paletó. Por que não o fizera? Lembrou-se então de que a colocara sobre a pasta enquanto facilitava o troco para o motorista. Recebido o troco, apanhara sua pasta e saíra do carro. A carteira ficara por lá, sobre o banco traseiro, esquecida. Nada a fazer. Aliás, muito a fazer, a partir da manhã do dia seguinte. Sempre acreditou que perder certos documentos era coisa mais dolorosa do que perder certos parentes. Agora tinha certeza.

Fazia tempo que andava de um lado para o outro, tenso, buscando coragem para tirar a roupa e tomar o seu banho, quando o telefone tocou. Atendeu.

– Sr. João, Sr. João Tavares, por favor.

– É ele. Quem fala?

– Sr. João, quem fala é a menina que encontrou a sua carteira...

– Quem? Graças... Onde estava?

– No táxi que tomei no Grajaú. Por favor, venha buscar. Aqui em Copacabana, na rua Ministro Viveiros de Castro, em frente ao Barbazul. Estou esperando.

– Como é o seu nome?

– Isso não adianta. Entre que eu o reconhecerei pela foto da identidade.

– Não está parecida com o original. Não vai dar para reconhecer.

– Não perca tempo. Meu celular vai desligar. Os créditos estão acabando...

– Estou indo. Se me desse o nome...

A ligação caiu. Ou por acabarem os créditos do celular da *menina* – como se autodenominou a jovem, e a voz era na verdade muito jovem e esperta – ou por falta de crédito dele, João, que reconheceu estar em ritmo insuportavelmente lento para a menina.

*

João tentava, mas não conseguia pegar um táxi em frente ao seu edifício, pois passava das dez da noite. Teve de agüentar a conversa óbvia do seu vigia noturno, dorminhoco assumido, falante impertinente mas atencioso, que, havendo oportunidade, procurava tirar dos moradores informações sobre suas idas e vindas, aparentemente por questões de segurança, mas na verdade o bastante para poder programar o seu sono funcional, lá dele, vigia, para quem a noite era sempre curta para tanto sono.

— *Não sei, meu caro. Não sei a que horas voltarei. Olho vivo. Esteja em vigília porque posso voltar a qualquer instante... fique atento aos sinais...*

João falou e riu-se por dentro. O vigia noturno estava em permanente vigília evangélica, seguindo a recomendação bíblica de aguardar o momento prometido, mas incerto, do início das dores, da volta do Salvador e do Juízo Final, com o que ameaçava sempre a ele, João, e a todos os circunstantes que não logravam fugir ao seu assédio pastoral. No entanto, era um desatento quanto às obrigações da sua vigília funcional. Agora, corria um risco mais imediato, pois, se a salvação da alma poderia ficar para daqui a pouco, a salvação do emprego poderia depender de não ceder ao sono pela segunda vez, na mesma noite. João era um perigo potencial, um morador que poderia denunciá-lo ao síndico. Um táxi finalmente encostou. João entrou e bateu a porta.

— *Rua Ministro Viveiros de Castro, em frente ao Barbazul, por favor. Sabe onde fica?*

— *Sei, a rua e o bar.*

— *Ótimo. Se eu cair espichado aqui no banco, não se assuste. Estarei só dormindo. Vou tentar, mas duvido que consiga. Se dormir, me acorde quando chegar.*

João, sentado no banco detrás, no canto oposto ao do motorista, ajeitou-se para facilitar o relaxamento, fechou os olhos e esperou o sono que não vinha.

— *Senhor... senhor...*

João abriu um olho, depois o outro.

— *Diga.*

— *O senhor certamente sabe o que está fazendo.*

— *Não entendi. Qual é o problema?*

— *É que não me parece que o senhor vá ao Barbazul pelos mesmos motivos por que outros vão.*

— *E por que outros motivos os outros vão ao Barbazul? Aliás, não lhe falei dos meus motivos.*

— *Incomoda-se de falar?*

João não via propósito naquela curiosidade. Já lhe bastava o vigia noturno. No entanto, tinha a impressão de ser o motorista um homem sério. De meia-idade, grisalho, fisionomia fechada, mas atencioso nos modos, certamente teria algum motivo para a pergunta. João percebeu que não dormiria e resolveu falar. Agora era ele o curioso. Contou a sua pequena história e se disse a caminho da *menina* que prometera restituir-lhe os documentos.

— *É este o motivo da minha ida ao Barbazul. Por quê?*

— *Porque o senhor corre risco. É o que pensei. Conheço aquilo ali. Qualquer motorista de táxi bem informado conhece. Pode ser armação...*

— *Como armação?*

— *Pode não haver inocência. Pode ter um homem por trás. Pode ser que uma armadilha tenha sido preparada para o senhor. Eu não iria sozinho.*

— Agradeço, mas o senhor não acha que estou grandinho? Vou só buscar os meus documentos e caio fora...

— Então não beba, nem coma nada que lhe oferecerem, nem de graça nem para pagar.

— É só uma menina que encontrou os meus documentos no banco traseiro de um táxi, há menos de meia hora. Não houve tempo para armação.

— O esquema nunca é inspiração de momento. Há uma operação-padrão. Todo dia há vítimas. Sei do que acontece, como todo taxista experiente o sabe. E há uma "menina" envolvida, para dar um toque de ternura e afastar qualquer desconfiança. "Menina", no caso, é mulher. Esteja atento.

— Mulher é bicho mais perigoso que homem, é isso que o senhor quer me dizer?

— Quando se trata de Barbazul, é dez vezes mais. Aliás, se me permite, todos temos mãe, alguns têm irmãs, etc. O senhor me entende. Mas já que tocou no assunto e se quer saber o que eu penso, então ouça. Qualquer mulher inocente é bicho mais perigoso do que o mais malandro dos homens. É questão de o senhor estar escolhido para vítima ou não. Deu para entender?

— Talvez. Parece que a sua experiência não é boa...

— É péssima. E olhe que estou falando de coisa séria. Estou falando da minha experiência de homem que escolhe mulher para casar. Não estou falando de aventuras.

João não iria mais dormir. Isto era assunto superado. Cabia-lhe calar para descansar ou dizer uma única palavra para perder de vez o sossego. Optou por perder o sossego.

— Conte.

— Sou um homem sério, Sr. ...

— ... João.

— Sou um homem sério, Sr. João. Não sou homem de aventuras. Mesmo assim, não dou sorte.

— Não é questão de ser homem sério, Sr. ...

— ... Joaquim.

— Não é questão de ser homem sério, Sr. Joaquim. É questão de estar atento. Acredito que, de um modo ou de outro, elas sempre dão uma pista do que são. Um homem atento pode se dar bem...

— Pois eu já acho outra coisa. Acredito em vocação de corno.

— Por favor, Sr. Joaquim. Eu acredito no poder das palavras e na força do pensamento. Não diga isso, nem ponha isso na cabeça, senão as coisas acontecem.

— Foi por acontecerem as coisas que pus isto na minha cabeça.

João, que renunciara a dormir, agora queria ouvir.

— Que coisas?

— Quis casar cedo, constituir família cedo, porque não sou homem de farras, nem de aventuras. Sou o que se pode dizer, vá lá...

— ... um homem sério.

— Isto, um homem sério. Acontece que não basta. Homens sérios não atraem mulheres sérias.

— O amigo me parece de fato muito mordido. Não é bem assim.

— Ouça e me diga se não é bem assim. Conheci uma jovem humilde, bem mais moça do que eu, de família do interior, recém-

chegada ao Rio de Janeiro, assustadíssima com a vida e os perigos de uma cidade grande. Pai e mãe rigorosos, e um irmão mais rigoroso ainda, mais ciumento e mais vigilante do que os pais.

— Acredito que o Sr. vá me dizer que namorou, noivou e casou.

— Acertou. Passei pelas três fases. Em menos de um ano, mas passei. Exigência da família. Lá, de onde vieram, não há casamento sem noivado. Casamento sem noivado não pega bem. Cheira a urgência. E quando há urgência é porque já aconteceu e vai acontecer mais ainda.

— Acredito que o Sr. vá me dizer agora que não deu certo.

— Não, não deu certo mesmo.

— E por que não deu certo?

— Eu não quis que ela trabalhasse. Sou antigo. Lugar de mulher é dentro de casa, cuidando da cozinha, do tanque, da faxina, do marido e dos filhos. Para mim, mulher que trabalha fora se perde. Fica vendo gente, sabendo de novidade, sendo tentada. Mulher que trabalha fora não dá em coisa que preste. Que é que o Sr. acha?

João achou melhor não achar nada.

— Pelo jeito, ela ficou em casa... e aconteceu o quê?

— Naquele tempo eu já trabalhava à noite. Era e é mais tranqüilo. Trânsito fácil, clientela certa. Não podia era imaginar que estava tornando tudo tranqüilo e mais fácil também para ela...

— Como assim?

— Na minha ausência, o vigia noturno começou a freqüentar o meu apartamento, que ficava no térreo. O desgraçado não precisava subir escada nem tomar elevador. Era só diminuir o movimento de

entrada e saída de moradores, e ele comparecia como urubu que estivesse espreitando a carniça...

— *Como o Sr. descobriu?*

— *Por acaso. Nunca desconfiei. Até porque, sempre que eu ligava do meu celular, quem atendia o telefone era a minha sogra, presença permanente na minha casa. Dormia muito lá. Dizia que era para fazer companhia à filha, coitada, que ficava muito só durante a noite. Eu tinha dó das duas, mas que fazer? Tinha também dó do meu sogro, este sim, que ficava sozinho. Aliás, tenho dó dele até hoje. O fato é que eu precisava faturar. Um dia liguei para casa, mais ou menos às onze da noite. Minha sogra atendeu, como sempre. Fiz uma pergunta besta qualquer e desliguei, depois de dizer que rodaria até às seis da manhã, quando deixaria um cliente no aeroporto e iria para casa.*

— *E não foi o que o Sr. fez...*

— *Não. Era data de aniversário do começo do nosso namoro. Eu sabia que ela não se lembrava. Resolvi surpreendê-la, a ela e a velha. Comprei umas pizzas, uma caixa de cerveja e rumei para casa.*

— *Pronto. Nem precisa contar o resto.*

— *Preciso sim. Contando talvez eu me conforme, coisa que não consegui até hoje. Bem, poderia ter tocado a campainha, mas não o fiz. O silêncio era grande. Resolvi abrir eu mesmo a porta, para aumentar a surpresa. Coloquei as pizzas e as cervejas no chão. Girei a chave na fechadura, devagarzinho. Também devagarzinho abri a porta e entrei.*

— *Viu o que não esperava ver.*

— *Ainda não. Vi minha sogra dormindo a sono solto no sofá da sala, com a televisão ligada. Pensei que certa estava minha mulher em ir dormir direto na cama, em vez de ficar lutando contra o sono diante da televisão.*

— *Prefiro não adivinhar.*

— *Vou acordá-la com um beijo, pensei. Sabe, faço o tipo durão, mas no fundo, no fundo, sou romântico.*

João ajeitou-se no banco. Sentiu que a narrativa caminhava para o *grand finale*.

— *O quarto estava escuro. Aproximei-me da cabeceira. Ia beijar, mas estranhei o vulto. Por puro instinto, passei primeiro a mão no rosto encoberto. Alisei uma barbicha horrenda. Gritei. Minha sogra entrou às pressas, acendeu a luz e gritou. A porta do banheiro da suíte abriu-se. Vi a sombra da minha mulher contra a luz. Ela gritou. De repente, quem pôde acendeu uma luz e gritou. Num instante, éramos quatro iluminados sem palavras.*

— *Não sei o que se faz numa hora dessa.*

— *É difícil, muito difícil. Minha vergonha era enorme. Maior do que a indignação. Sabe o que eu fiz?*

— *Não tenho a menor idéia...*

— *Pedi desculpas, meu caro. Pedi desculpas a três sem-vergonhas, inclusive ao sem-vergonha de cueca samba-canção, cuja barbicha alisei.*

— *Por que o Sr. pediu desculpas?*

— *E eu sei? E eu sei? Talvez com vergonha de mim. Com vergonha dela. Com vergonha do ridículo da situação. Quando penso nisso, tenho vontade de cortar os pulsos.*

— *Pediu desculpas como? É maneira de dizer, não é?*

— *Maneira de dizer coisíssima nenhuma. Abri a boca e disse "Desculpem", assim mesmo, no plural. O idiota aqui pediu desculpas a todos os calhordas, de todos os sexos, presentes. Acho que pedi desculpas até a mim mesmo.*

— *E aí?*

— *Aí eu dei de costas para toda aquela sem-vergonhice reunida e sumi. O pior é que o meu apartamento também sumiu. A vadia arranjou um advogado esperto que me levou o apartamento.*

— *E o seu advogado, não o instruiu direito?*

— *O advogado era o mesmo, por medida de economia...*

— *... Por medida de economia, o Sr. perdeu um apartamento. Bem, foi de fato um horror, mas uma única má experiência não deveria levá-lo a um pessimismo tão grande em relação às mulheres e ao amor.*

— *Concordo. Uma única experiência — e aí o Sr. tem razão — não me deveria levar a tanto pessimismo. No entanto, tive outra experiência, e esta última foi definitiva para eu colocar de vez as minhas barbas de molho.*

João olhou para o relógio, por puro hábito. Era tarde. Estava preso dentro de um carro, sem nada a fazer, senão exercitar a paciência. Ainda estava a meio caminho do destino e tinha tempo de sobra para ouvir. Pensou que ouvir mais uma história ajudaria o tempo a passar, além do que já estava solidário com o Joaquim no enfrentamento dos seus problemas. Se antes já estava difícil, dormir a essa altura, nem pensar.

— *Conte. Isto é, se o senhor não se importa de contar.*

— *Claro que não me importo. Quero que o senhor saiba por que não confio nas mulheres.*

— *Então conte.*

— *Demorou muito, mas acabei gostando de outra moça. Uma moça bem mais moça do que eu. Como a outra. Só que essa tinha emprego, mas acabou deixando. Emprego de mulher é o marido, é ou não é?*

João, mais uma vez, achou melhor não achar nada.

— *O senhor então namorou, noivou e casou...*

— *Não. A família não era tão tradicionalista. Namoramos alguns meses e marcamos o casamento.*

— *Por que não deu certo? Sim, já sabemos os dois, o senhor e eu, que não deu certo.*

— *Se eu contar o senhor não vai acreditar...*

— *Não me diga que o vigia noturno freqüentava o seu apartamento de madrugada...*

— *Como o senhor adivinhou?*

— *Não adivinhei. Chutei para fazer uma gracinha, se me permite. E não estou acreditando que tenha acertado.*

— *Acertou na mosca.*

— *O senhor está brincando. Não pode ser verdade. É muita coincidência.*

— *A vida se repete...*

— *Mas o senhor não havia perdido o seu apartamento?*

— *Perdi. Comprei outro, em outro prédio. Só que o novo apartamento ficava também no térreo, ao alcance do vigia noturno.*

— *E como o senhor descobriu tudo?*

– Não descobri nada. Num dia em que cheguei às sete da manhã, um pouco mais tarde do que de costume, o vigia estava me esperando. Já havia deixado o serviço, mas permanecia de pé, na entrada da portaria, para me abordar antes que eu entrasse com o carro na garagem. Empertigado, forçando tosse para limpar a garganta, aproximou-se à minha chegada e, debruçando-se sobre a janela do meu carro, convidou-me a tomar um café no bar da esquina. Agradeci, mas recusei. Afinal, minha mulher me esperava.

"Não, Sr. Joaquim. Sua mulher não o espera. Aliás, não é mais próprio o senhor se referir a ela como sua mulher. Ela está na minha casinha, em Seropédica, esperando por mim, ansiosa pelo resultado da nossa conversa."

"E que nós temos a conversar?"

"Por mim, nada, se o senhor preferir não conversar."

"Não. Não quero conversar. Obrigado."

João ajeitou-se no banco, inclinou-se para a frente e, a menos de vinte centímetros do ouvido direito do motorista, sussurrou-lhe.

– Sr. Joaquim, diga-me. Foi isso mesmo? O senhor disse "obrigado"? Disse "obrigado" para o vigia noturno que lhe comunicava estar roubando a sua mulher?

– Não me ocorreu outra coisa. Pensei que era a maneira mais prática de eu dar o papo por encerrado e desconcertar o pilantra. No meu lugar, que é que o senhor diria?

João sentiu a inutilidade de discutir este ponto.

– É. Pensando bem, "obrigado" foi bem empregado. E o apartamento, com quem ficou?

— *Ainda estava pagando. Passei adiante e rachei a grana com ela, tudo com a assistência do meu advogado. Estou morando de aluguel.*

Um breve silêncio, uma pausa didática. Por fim, Joaquim falou.

— *Eu deveria ter aprendido, mas a vida se repete e, quando ela se repete, repetimos os mesmos erros.*

— *Não, não me diga que há uma terceira história semelhante...*

— *Não. Seria demais. Mas me apaixonei pela terceira vez.*

— *Por uma mulher também bem mais moça do que o senhor...*

— *Também.*

— *Com quem o senhor casou e foi morar num apartamento térreo...*

— *Como é que o senhor sabe?*

— *A história se repete, lembra-se? Mas o senhor disse que não havia uma terceira história semelhante...*

— *Não há mesmo. Ainda estou casado.*

— *E ela fica em casa, porque mulher que trabalha fora se perde...*

— *Ela não fica em casa. É enfermeira particular. Tem de ficar ali, ao lado do doente. Trabalha à noite, quando eu também trabalho. E, enquanto trabalha, não pode nem dispõe de tempo vago para receber visita. Nem mesmo pode receber telefonema. Não lhe permitem. Por esse lado, estou tranqüilo. De dia, quando estou em casa, ela também está. Só sai comigo, para fazermos compras, visitarmos amigos, coisas assim. Estamos no mesmo fuso horário e na mesma sintonia. Além do mais, se ela me decepcionar, não vai ter o que levar.*

— *Menos mal.*

O trânsito fluía e o ar condicionado levara João a cochilar. O táxi entrou por fim na rua Ministro Viveiros de Castro e, bem devagar, aproximou-se do Barbazul.

— *Sabe, Sr. João, tomei uma decisão. O senhor vai apenas pegar os seus documentos, não é verdade? Pois vou esperá-lo. Se o Sr. demorar a aparecer, chamo a polícia.*

— *Certo, Sr. Joaquim. Não demoro.*

João saltou do táxi em frente ao Barbazul. O bar parecia estar fechado. Dirigiu-se ao porteiro. Este, de gestos e semblante adamados, não obstante virilizado em seu uniforme de gala de general da noite, adiantou ao cliente potencial que, por motivos excepcionais, o bar só abriria à meia-noite. *"E que motivos são esses?"*, indagou João. A resposta veio em voz baixa, na alegria de um segredo violado: *"Parece que prenderam um dos sócios. Exploração de menores, ou coisa assim. Eu não disse nada, hem?! Mas freguês bem posto, como o senhor, tem de saber a verdade"* João agradeceu, retribuiu dizendo que ele, porteiro, também era muito bem posto e ficava muitíssimo bem naquele uniforme, identificou-se pelo nome e perguntou se alguém o esperava lá dentro. Ouviu uma negativa e só então deu-se conta de que *em frente ao Barbazul* — onde lhe dissera a menina que o esperaria — não significava *no Barbazul*. Agradeceu ao porteiro, que ainda revirava os olhos em êxtase pelo elogio inesperado, fez um sinal ao Joaquim, para que o esperasse, atravessou a rua e, vinte metros a sua esquerda, em outro bar, semi-oculta por uma coluna, uma jovem bonita sorria à sua espera.

— *Sr. João?*

— *Sou eu. O seu nome é...*

— *Sílvia.* E Sílvia entregou a João um cartão onde constavam o nome Russa Carioca e o número de um telefone celular.

— *Posso me sentar?*

— *À vontade.*

João sentou-se. Sílvia ajeitou-se mais para trás da coluna e passou-lhe a carteira.

— *Por favor, veja se está tudo aí.*

— *Identidade, CPF, cartão de crédito, talão de cheque, dinheiro... Está tudo aqui.*

— *Confira o dinheiro, por favor.*

— *Não é necessário. Olhe, não sei como lhe agradecer. Devo-lhe uma gentileza e quero retribuir de alguma forma, talvez...*

Sílvia sentiu que João, desajeitado, dirigia a conversa para uma oferta de gratificação em dinheiro. Cortou-lhe a frase no meio.

— *Eu poderia entregar a carteira ao motorista. Cheguei a pensar nisso. No entanto, sabia que eu lhe entregaria. Quanto a ele, tenho dúvida. Talvez ele até lhe pedisse dinheiro para devolvê-la.*

— *Posso ao menos lhe oferecer e acompanhá-la num chope?*

— *Claro, com prazer.*

No mesmo instante, Joaquim espichou o pescoço do outro lado da calçada, como se quisesse ver com quem João conversava. João tirou meio corpo detrás da coluna que encobria Sílvia, fez sinal a Joaquim de que não demoraria e voltou ao papo, que deveria ter a duração de um chope tomado às pressas, mas não teve. E não teve porque, se durante o chope a conversa transcorreu sem conseqüências, ao final do mesmo chope decidiram-se perguntar um ao outro pelo que faziam, ao que ele respondeu que era contador, e ela, que era enfermeira. E ao perguntar João o que fazia uma enfermeira ali, nas redondezas do Barbazul, Sílvia respondeu, agora com a sinceridade prática de quem poderia estar diante de um cliente potencial, que buscava aumentar em muito a sua receita, pois estava amando muitíssimo, como nunca havia amado, e queria ajudar o seu homem a comprar um apartamento onde pudessem ser felizes para sempre. Dito o quê João pediu um segundo chope, sem consultá-la, e fez novo e apressado sinal a um Joaquim já impaciente, do outro lado da calçada – onde o motorista fazia aparições periódicas a intervalos cada vez menores – para que esperasse mais um pouco, ao mesmo tempo que rogava aos céus para que Sílvia não saísse detrás da coluna, nem Joaquim resolvesse matar de vez a sua crescente curiosidade.

– *Acho que devo isso a ele. Perdeu dois apartamentos para mulheres que nunca o amaram. O amor dele por mim ainda não é um amor confiante. E tem suas razões. Eu o amo e farei que tenha confiança em mim. Ele há de saber que as mulheres não são iguais. Há mulheres e mulheres.*

– *O seu trabalho atual, de... de...*

– *... De garota de programa.*

— Que seja. O seu trabalho atual, de garota de programa, é por tempo limitado?

— Claro. Durará o necessário para juntarmos dinheiro e dar entrada no apartamento que escolhermos de comum acordo. É a parte mais difícil. Depois voltarei à minha lida de enfermeira. Como enfermeira particular, plantonista, ganharei o suficiente para ajudar nas prestações.

— Está sendo muito difícil para você?

— Às vezes. Às vezes até gosto.

— Sei...

— Chocado?

— Não sei. A resposta costuma ser outra... pelo menos oficialmente...

— Agora preciso ir. Pelo jeito, você também. É pena...

— Fique aí sentada, por favor, até eu sair. Tenho os meus motivos. Ah, um conselho. Não comprem apartamento no térreo. Costuma dar alguns problemas...

— Para o Joaquim deu.

— Para quem?

— Para o Joaquim, meu marido.

— Sei...

João pediu a conta já em pé, para apressar o garçom. Pagou e saiu quando Joaquim fazia menção de atravessar a rua e conferir o que estava acontecendo. João o reteve com um gesto firme e a frase "*Podemos ir*". Sentia-se cansado e agitado. Sentou-se no banco traseiro do táxi, lado oposto ao do motorista, e avisou a Joaquim que, desta vez, iria mesmo dormir. Pediu desculpas pela demora, fechou os olhos, para logo em seguida abri-los, pois, com os olhos fechados, continuava a ver a Russa Carioca.

— *Sr Joaquim!*

— *Pois não, Sr. João.*

— *Só para encerrar a nossa conversa anterior...*

— *Diga.*

— *Qual é o nome dela, da sua atual esposa?*

— *Sílvia. Por quê?*

— *Para que ela tome forma na minha cabeça. Às vezes basta o nome para dizer muito de uma pessoa.*

— *E que é que o nome dela diz ao senhor?*

— *Deixe-me adivinhar. Me diz que ela o ama muito, muitíssimo, e que vocês dois serão muito felizes.*

— *Obrigado. Que os anjos digam amém.*

— *E por favor, chegando ao meu edifício, lá mesmo onde o Sr. me pegou, só me acorde depois de acordar o meu vigia. Me faça esta gentileza. Assim ganho um tempinho no meu sono, enquanto o senhor encurta o dele. É um bom rapaz, mas acordá-lo lhe vai dar muito trabalho. Aliás, no trabalho só faz dormir. É seu grande defeito.*

— *Um vigia noturno... um vigia noturno que dorme no posto de trabalho...*

— *Abençoado seja esse sono, Sr. Joaquim!*

— *Abençoado seja, Sr. João.*

***

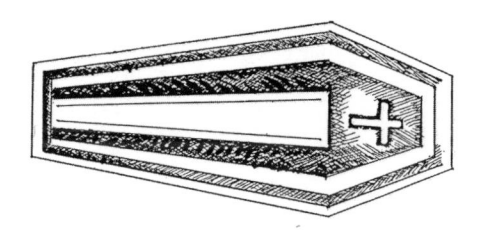

O morto

No centro da praça, em pequena aglomeração, estreavam sua fé ao ar livre os membros da Assembléia dos Devotos da Divina Ressurreição. A nova seita, plantada no desemprego estatal do seu bispo, dispensado a bem do serviço público, e regada pela esperança dos seus crentes, nasceu num galpão alugado a preço de ocasião, a menos de duzentos metros da praça.

O pastor, a um sinal de cabeça do seu bispo, levantou o braço, pedindo um silêncio que já estava feito, abriu a Bíblia, previamente marcada no Evangelho de São Marcos, e principiou a ler:

"Ainda Jesus falava quando chegaram da casa do príncipe da sinagoga dizendo: A tua filha morreu; para que fatigar mais o Mestre? Mas Jesus, tendo ouvido o que eles diziam, disse ao príncipe da sinagoga: Não temas; crê somente. E não permitiu que ninguém o acompanhasse, senão Pedro e Tiago, e João, irmão de Tiago.

Chegaram à casa do príncipe da sinagoga, e viu Jesus o alvoroço e os que estavam chorando e fazendo grandes prantos. E, tendo entrado, disse-lhes: Por que vos perturbais e chorais? A menina não está morta, mas dorme. E zombavam dele. Mas ele, tendo feito sair todos, tomou o pai e a mãe da menina, e os que levava consigo, e entrou onde a menina estava deitada. E, tomando a mão da menina, disse-lhe: Talitha cumi, que quer dizer: Menina, levanta-te. E imediatamente se levantou a menina, e andava; pois tinha já doze anos; e ficaram cheios de grande espanto. E Jesus ordenou-lhes rigorosamente que ninguém o soubesse; e disse que dessem de comer à menina."

Distante do culto, junto ao meio-fio da calçada que circundava a praça, compunham outro quadro à parte um considerável ajuntamento de curiosos em ruidosa oração, um carro com as portas abertas, duas crianças acuadas no banco traseiro, um corpo estendido no chão e, em torno, algumas velas tremulantes à brisa da noite. A umas poucas dezenas de metros, agarrada a um orelhão como quem se agarra a um bote salva-vidas, uma senhora angustiada implorava:

– *Pelo amor de Deus, meu amigo, venha até aqui. Eu não vou conseguir sair dessa sozinha. Me ajude. Ajuda? Graças a Deus. Não vou esquecer. Mas venha logo. Está chegando mais gente, trazendo mais velas. Quando quero explicar, aumentam a voz e me mandam calar a boca em respeito ao falecido. Ainda há pouco alguém disse, atrás de mim, que nessas horas os doidos e exibicionistas sempre aparecem. A doida e exibicionista sou eu. Venha logo, sim? A coisa está ficando complicada.*

*

– *Vá logo, meu bem. Eles são uns chatos, mas são nossos amigos. E acabam de se meter numa encrenca. E se os amigos não servem nessas horas e para essas coisas, vão servir quando e para quê? Não é verdade?*

– *Eu deveria ir à padaria, isso sim. Aquelas crianças insuportáveis comeram todos os pães, bolo, o presunto e o queijo do nosso café da manhã. Sem falar que deixaram a porta da geladeira aberta. Qual foi a educação que os dois deram àquelas pestes?*

– *Por favor, querido. Não é hora para essas lamentações.*

– *E o porre que o chato-mor tomou? Hem?! E o porre? Não sobrou uma só garrafa de uísque. Uísque! Ofereci cerveja. Ele perguntou se tinha uísque...*

— *Você poderia ter dito que não tinha.*

— *Mas como? Já chegou de porre e saiu procurando. Não me deu chance.*

— *Com tudo isso, ele é um tipo inteligente, culto e bem-humorado.*

— *E essa agora? Que tanto elogio descabido é esse? O cara me arrasa e você acha bom? Ele disse que veio saber de mim, que estava saudoso, coisa e tal, e que queria mostrar a família... E ainda vem sem me avisar. Em vez de vir aqui, bem que ele poderia me escrever de casa, no seu melhor estilo português quinhentista, e eu responderia. Mandasse a foto da mulher e dos filhos. Mas não. O cara preferiu dar notícia ao vivo, trazer a malta e mamar o meu melhor uísque doze anos. Terra arrasada, foi-se. Está lá, estendido e cercado de velas. E eu é que ainda tenho de segurar a barra. Até mais ver. Fui.*

*

O pastor saltou várias páginas. Parou no ponto marcado. Estava agora no Evangelho Segundo São Lucas. Leu:

"E aconteceu que (algum tempo) depois ia ele para uma cidade, chamada Naim; e iam com ele os seus discípulos e muito povo. E, quando chegou perto da porta da cidade, eis que era levado um defunto a sepultar, filho único de sua mãe; e esta era viúva; e ia com ela muita gente da cidade. E, tendo-a visto o Senhor, movido de compaixão para com ela, disse-lhe: Não chores. E aproximou-se, e tocou no esquife. E os que o levavam pararam. Então disse ele: Jovem, eu te digo, levanta-te. E sentou-se o que tinha estado morto e começou a falar. E Jesus entregou-o a sua mãe. E todos ficaram possuídos de temor, e glorificavam a Deus, dizendo: Um grande profeta apareceu entre nós, e Deus visitou o seu povo. E esta opinião a respeito dele espalhou-se por toda a Judéia, e por toda a região circunvizinha."

Lá na calçada o ajuntamento crescia, mais velas eram acesas e colocadas ao lado das muitas que já emolduravam o corpo. A mãe tentava alcançar os filhos, deixados no carro, mas era barrada pelos circunstantes. *"Se quiser rezar, reze. Mas fique quieta aí. Respeite os mortos."* Alguém gritava, pedindo, pelo amor de Deus, que outro alguém cuidasse das crianças abandonadas. *"Tem que chamar os bombeiros, os bombeiros!"* Uma voz alta e irritada se fez ouvir: *"Bombeiros uma ova! O cara está morto, não está pegando fogo!"* E outra, mais alta: *"É bombeiro mesmo, cretino!"*

*

O amigo fiel estava a caminho. Era uma história difícil de acreditar. Roteiro de comédia pastelão e, no entanto, cenas da vida real. Um porre homérico, a volta para casa, um pneu furado a meio do caminho, um bêbedo sem lanterna que acende velas para enxergar, esparrama-se no chão ao tentar trocar o pneu, e fica estendido em coma alcoólico, enquanto a mulher busca socorro, mais agitada que siri na lata, até concluir que é mais fácil apelar para o amigo cujo estoque de uísque o marido havia acabado de consumir e cuja geladeira os filhos haviam acabado de saquear. Era este amigo de todas as horas, e haja horas, que estava dirigindo seu carro a caminho da praça, felizmente sóbrio porque todo o uísque disponível da casa mal chegara para um.

*

O pastor, lidas umas e outras passagens do evangelho que referiam a ressurreição, fechou a Bíblia, afastou-se de costas e indicou à multidão crescente e muda, com um gesto reverente, que o seu bispo iria falar. E o bispo falou:

– *Irmãos, nestes tempos pascais, nada mais importante que lembrar a promessa do Senhor Jesus, de que estamos todos vivendo a espera da ressurreição. Sim, irmãos, a vida é uma espera. A morte é um momento a ser superado. A ressurreição é a graça dada por Deus aos seus filhos. Chegará o dia em que ressurgiremos dos mortos, e não haverá mais mortos. Mais importante ainda é lembrar que os justos e bons serão os escolhidos para viver na glória de Deus, e é a Fé, e somente a Fé, que nos torna merecedores dessa glória. Porque a Fé move montanhas, cura os doentes, e em nome de Deus permitiu ao Senhor Jesus ressuscitar os mortos.*

– Senhor bispo, com muita Fé, mas com muita Fé mesmo, podemos também ressuscitar os mortos, como fez o Senhor Jesus?

Ninguém alertara o crente, um negão imenso e corpulento, de olhos estriados e esbugalhados, sobre a conveniência e a propriedade de ouvir o bispo até ao final da sua prédica, sem interrompê-lo. O bispo entalou-se. Não esperava esta pergunta. Fosse a sua religião menos nova e ele mais experiente, talvez pudesse até ser mais ligeiro na resposta. Tentou sair pela tangente.

– Veja o irmão que a Fé move montanhas. Pode o irmão até considerar se mover montanhas é coisa mais fácil ou mais difícil do que ressuscitar um morto. De qualquer modo, somente alguém que encarnasse uma Fé que, de tão grande, possibilitasse um ou outro desses milagres nos permitiria julgar sobre a maior ou menor dificuldade de realizar o outro. Veja que encontrar tal homem ou tal mulher não é tarefa fácil. Na teoria, ter a Fé de Jesus é o bastante para fazer ressuscitar um morto. Porém, qual dentre nós tem a Fé do Senhor Jesus, hem?! Me digam, hem?! Qual dentre nós tem a Fé do Senhor Jesus?! Jesus é único, irmãos. Aleluia, irmãos, porque há um e somente um Senhor Jesus! Aleluia, irmãos!

A multidão prorrompeu em regozijo incontrolável:

– Aleluia! Aleluia! Aleluia!

Mal o amigo encostou o seu carro a prudente distância daquele ajuntamento compacto e agora barulhento, pois se discutia com inusitada paixão sobre qual seria a autoridade encarregada de remover tão intempestivo cadáver, a temerosa mulher lhe confirmou ao pé do ouvido: *"Está vivinho da silva – acho que está – e esta cambada de desocupados só fala em recolher o corpo...*

– *E por que você não esclarece?*

– *Vá lá e tente. Tente dizer à multidão que ela perdeu um defunto.*

– *Bem, vamos ser práticos. Temos de arranjar alguém forte o suficiente para levantar e carregar o seu marido para dentro do carro. Aí diremos que a família tomará as providências. Que ninguém se preocupe, etc. ...*

– *Ah, não! Essa não. Não acredito.*

– *Que foi?*

– *Estão encomendando o corpo. Alguém está puxando uma fieira de orações...*

– *Não vai haver consolação para a perda deste defunto. Temos de pensar rápido.*

O negão que interrompera o bispo matutava sobre o tamanho da fé necessária para mover uma montanha ou ressuscitar um defunto. Considerava que fé ninguém tinha mais do que ele. Logo ele que, de tanta fé, entregara seu barraco ao bispo para vender e obter recursos para a nova igreja. Pagaria aluguel de outro barraco, ficaria apertado, mas e daí? O Senhor Jesus estava vendo e saberia recompensá-lo. E até mesmo esse dinheiro voltaria. Talvez em dobro. Ou triplo. Fé ele tinha, lá isso tinha.

O culto prosseguia. O bispo pediu que todos os presentes concentrassem seu pensamento no Senhor Jesus e, com muita fé e a uma palavra dele, bispo, e no momento certo, ordenassem em voz alta que aquela velhinha sentada numa cadeira de rodas, à frente da multidão – paralítica, como frisou várias vezes – , se levantasse e caminhasse em nome do Senhor Jesus. Isto dito, passou a orar pausadamente, para que os fiéis acompanhassem e repetissem as suas palavras.

*

A velhinha ouvia entediada aquela lengalenga. De olhos fechados, aguardava a ordem que viria do bispo e do povo, em uníssono. Por mais que estivesse ensaiada e preparada, foi surpreendida pelo brado altissonante:

– *Levanta-te e anda!*

A velhinha atarantou-se. A um novo e já impaciente *levanta-te e anda!* apoiou as suas mãos nos braços da cadeira de rodas. Fez força, trêmula. Aos poucos, devagar e sempre trêmula, levantou-se. O silêncio agora era total. Deu um passo lento e arrastado, as mãos procurando uma parede invisível para apoiar-se. Mais um passo, este menos inseguro, e veio a autoconfiança. O terceiro passo, já firme, foi acompanhado de uma explosão de alegria:

– *Estou enxergando! Estou enxergando!*

A multidão – já era uma multidão – não se conteve:

– *Aleluia! Aleluia!*

Incontrolável também era a irritação e a cobrança do bispo para cima do seu pastor:

— *Quem arranjou essa débil mental? Ninguém lhe disse que tinha apenas de levantar-se e andar? Que história é essa de "Estou enxergando"?*

O pastor, porém, estava no clima:

— *Ora, meu bispo, pelo preço... E quer saber? Um milagre a mais não compromete nada. Só aumenta a fé e a alegria do povo. Aleluia! Aleluia, irmãos!*

E o povo, em delírio:

— *Aleluia! Aleluia!*

*

— *Pai nosso que estais no céu...*

— *Pai nosso...*

— *Santificado seja o vosso nome...*

— *Santificado...*

A multidão orava em transe coletivo. O amigo dava a causa por perdida e já estava pensando na própria pele. Não queria estar por perto quando aquela massa humana descobrisse que o morto era um vivo, e interpretasse a pretensa morte como uma fraude.

— *Minha cara, vou sair de fino e buscar auxílio. Não dá para encarar essa sozinho. Vou arranjar um atleta para levantar o seu marido e jogá-lo dentro do carro.*

— *E fico aqui sozinha?*

— *Olho nas crianças e no carro, que eu não demoro. Espero...*

— *O pão nosso de cada dia nos daí hoje...*

— *O pão nosso...*

— *Alguém chame o rabecão.*

— *Os bombeiros, idiota!*

— *Ó débil mental, o cara está morto, não está pegando fogo!*

— *Um médico para...*

— *Cale a boca, imbecil. Ele não está doente, está morto!*

— *Querem calar a boca e orar?! Ou dêem o fora daqui!*

— *Silêncio! Respeitem o morto!*

*

O amigo afastou-se, mais para se afastar do que para ir a algum lugar. Indo para o centro da praça, avistou a outra multidão. Quem sabe ali encontraria um atleta de boa vontade? Ainda de longe viu um negão imenso, de costas, um *armário* que talvez impusesse respeito pelo porte e não lhe negasse o favor tão precisado. Apressou o passo, chegou bem perto e teve a certeza de que aquele negão imenso, de olhos arregalados, cara de santo e mãos entrelaçadas junto à boca — aquele negão imenso, repetia para si mesmo — era a pessoa certa para dar conta da missão de esclarecer o povo, agradecer a atenção dispensada por todos ao pinguço, remover o ébrio e dar a comovente reunião por encerrada.

— *Por favor, Sr. ...*

— *Psiu! Estou orando, irmão. Aleluia! Aleluia!*

— *Preciso de um favor seu.*

— *Por favor, acabo de assistir a um milagre. Aleluia! Aleluia!*

— *Eu também preciso de um milagre. Lá, na calçada, há um corpo...*

— Como disse?

— ... um corpo cercado de velas...

— Um corpo. E precisa de um milagre...

— Quero dizer...

— Me diga só uma coisa. Por que me procurou?

— Já lhe disse...

— Eu sei. Precisa de um milagre. Mas por que procurou a mim?

— Porque me pareceu a pessoa indicada. Quanto a milagre...

— É uma questão de fé, irmão. A fé move montanhas, cura enfermos e ressuscita mortos. Pelo menos uma fé do tamanho da fé de Jesus Cristo.

— Bem, de certo modo o irmão me parece capaz de remover uma montanha. E eu preciso que o irmão me remova uma montanha. E olha que eu não espero que o irmão tenha uma fé de Jesus Cristo.

— Ressuscitar um morto, mover uma montanha. Desculpe se insisto. Por que procurou a mim?

— Não o procurei. Apenas o encontrei.

— É um sinal...

— De quê?

— Enquanto orava, pedi um sinal. Um sinal que me permitisse saber o tamanho da minha fé.

— Só preciso de...

— Vá e eu o sigo.

O negão calou-se e com a mão fez sinal de que seguiria o seu guia, este também calado por precaução e já arrependido do convite feito ao gigante, caminhando os dois em direção à multidão que permanecia orando em torno do corpo caído, inerte, ao lado do carro na beira da calçada. O negão recebera o tão implorado sinal que lhe permitiria testar o tamanho da sua fé. E fé não lhe faltava.

*

Junto à calçada prosseguia a encomendação do corpo:

– *Salve Rainha, Mãe de Misericórdia...*

– *Salve Rainha...*

– *Vida e esperança nossa salve...*

– *Vida e esperança..*

– *A vós bradamos os degredados filhos de Eva...*

– *A vós bradamos...*

Enquanto se aproximava com o seu guia, o negão refletia em que não tinha a fé de Jesus Cristo, mas tinha humildade para saber que, em Jesus, multiplicaria a força da sua fé.

– *Creio em Deus Pai, todo poderoso, criador do Céu e da Terra...*

– *Creio em Deus Pai...*

– *E em Jesus Cristo, um só seu filho...*

– *E em Jesus...*

*

– *Finalmente você chegou, amigo. As crianças estão nervosas. Não consigo chegar perto delas. Não deixam. Temem que eu as seqüestre, sei lá. Não acreditam que eu seja a mãe. Quem é este senhor...*

— *Parece que é mais um problema do que a solução, minha cara. Ainda não consegui lhe explicar nada e ele me parece cheio de idéias próprias a respeito...*

— *O corpo, irmão. Quero chegar ao corpo. Com licença. Com licença.*

O negão pedia licença e abria os braços, remando em meio à multidão. Não precisou de muito esforço para chegar ao corpo caído. O puxador da reza fez um silêncio inquisidor. A multidão emudeceu.

— *A quem devemos a honra...*

O negão já não ouvia, muito menos respondia.

— *Levanta-te e anda.*

— *A quem devemos a honra...*

O negão tinha os olhos fixos no corpo caído.

— *Levanta-te e anda.*

O movimento e o barulho em torno trouxeram laivos de consciência ao corpo caído, que pareceu mexer-se. Na verdade, já se mexia havia algum tempo, mas ninguém dava por isso e muito menos se interessava por isso. Os olhos do negão, também imensos e, além de estriados e arregalados, agora rútilos de esperança, fixaram-se na nuca do presumido cadáver, enquanto a boca proferia mais uma vez a sentença impositiva, e um pontapé certeiro na altura do baço apressava o milagre da fé:

— *Levanta-te e anda, porra!*

A irreverência do negão explicava-se pela sua justa impaciência. Vendera seu único bem, doara tudo a sua Igreja, vinha passando necessidades primárias, mostrara-se firme na Fé, recebera os sinais de que estava pronto a ser submetido a prova e só lhe faltava ter agora a sua frente um defunto recalcitrante na indolência de assumir seu papel potencial de ressuscitado. O comatoso grunhiu ao pontapé. Ameaçou levantar-se. Ergueu a cabeça uns cinco centímetros do chão e deixou-a cair. Baixou um silêncio pesado sobre a multidão, engrossada por parte da outra multidão que, aos poucos, deixara o culto ao ar livre da Assembléia dos Devotos da Divina Ressurreição e viera prestigiar os feitos do irmão.

– *Já te disse pra levantar, cara!*

Um novo pontapé, agora um revoltado pontapé, sacudiu e ameaçou a integridade física do ébrio, que grunhiu, regrunhiu, mexeu, remexeu, tentou apoiar-se e desabou de vez. *Quem sabe faz a hora, não espera acontecer*, lembrou-se o amigo leal – até então atônito – dos versos revolucionários de Geraldo Vandré. Apontou para o corpo caído e gritou:

– *Milagre! Ele vive! Aleluia, irmãos!*

Para a multidão predisposta, era o suficiente:

– *Aleluia! Aleluia! Aleluia!*

O amigo não deixava cair o entusiasmo:

– *Ele vive, irmãos! Aleluia!*

– *Aleluia! Aleluia!*

Sentindo que a multidão já delirava por conta própria, o amigo disse *"Rápido, me ajude!"* para o negão, a essa altura em absoluto estado de perplexidade, e os dois, num esforço conjugado e concentrado, de um só arranco puseram e mantiveram o bêbedo de pé por uns poucos segundos.

– *Ele vive! Aleluia, irmãos!*

– *Aleluia! Aleluia!*

O negão, em transe, começou a balbuciar e balbuciava sem parar *"Eu consegui, meu Deus! Eu consegui! Na Fé do Senhor Jesus, eu consegui!"* O amigo lhe dava os parabéns e lhe pedia *pelo amor de Deus* que atirasse o corpo do bebum, agora mais inerte do que nunca, ao banco traseiro do carro, o que foi feito. Que abrisse caminho para a mulher juntar-se aos seus filhos, agora no banco da frente, o que foi feito. Que tomasse conta do seu carro até a sua volta – o que não foi feito.

Entregue a família ao seu destino, onde vizinhos e circunstantes puseram o ressuscitado na cama, o amigo leal despediu-se e voltou sem um muito obrigado. Encontrou o seu carro na praça, no mesmo lugar em que o deixara, porém agora sobre um macaco, aliviado dos pneus e da aparelhagem de som. A praça estava vazia. No dia seguinte, pergunta daqui, pergunta dali, soube que o negão, qualquer que fosse a sua vontade, jamais tomaria conta do seu carro, porque, não obstante o seu tamanho, fora levado dali nos braços da multidão, aos gritos de *Aleluia! Aleluia!*

*

Passada uma semana, chegara um novo domingo. Fim de tarde, praça cheia. Numa casa ali perto, o amigo remoía a mágoa da ingratidão humana que, havia sete dias, sentia na carne. *"Tirado da sarjeta, e nem um só telefonema. Devia tê-lo deixado lá."* A mulher o consolava: *"É de vergonha, meu velho. Pura vergonha. Um dia ele se manifesta. Ou ela se manifesta. Esqueça isso. Pegue seu caçula e vá passear na praça, antes que anoiteça de vez."*

Foi o que fez o pai. Saiu levando o filhote pela mão, filosofando sobre os poderes da fé e da religião, e os prazeres da pipoca e do sorvete, todos em abundância naquela praça, nos últimos tempos. Sentou-se num banco, comprou as guloseimas sob a orientação do rebento, soltou-o, vigiando-o a distância e, ao percorrer a praça com os olhos para medir hipotéticos perigos, deparou com dois ajuntamentos. Um deles era bem pequeno, a ponto de se entreverem, em meio ao grupo de fiéis, os vultos conhecidos do bispo e do seu pastor, em pleno serviço evangélico. Era mais um culto da Assembléia dos Devotos da Divina Ressurreição. O outro ajuntamento, bem maior, denotava uma impressionante carga energética, que fluía em todas as direções a partir de um epicentro tonitruante, circundado pela pequena mas crescente multidão. O pai chamou o filho, manteve-o perto de si e aproximou-se daquele grupo. Foi como se o tivessem ligado a uma tomada, tal a intensidade do choque. O negão, metido num terno cinza-esverdeado, camisa cor de abóbora, gravata e sapatos pretos, predicava empolgado aos fiéis:

— *Irmãos, aqui estamos reunidos pela primeira vez ao ar livre. É a primeira manifestação pública da nascente Assembléia dos Devotos da Fé na Cruz. A nós, nos basta a Fé. Tudo o mais nos virá por acréscimo. Faço minhas as palavras de Jesus, no Sermão da Montanha, tal como lemos em Mateus: "Não queirais entesourar para vós tesouros na terra, onde a ferrugem e a traça os consomem, e onde os ladrões os desenterram e roubam, mas entesourai para vós tesouros no céu, onde nem a ferrugem nem as traças os consomem, e onde os ladrões nem os desenterram nem roubam. Porque onde está o teu tesouro, aí está também o teu coração."*

O pai, agarrado ao filho, estremeceu. Onde diabos o negão aprendera tão depressa o ofício? Havia poucos dias era pura inocência. Milagre da Fé era isto.

À margem do ajuntamento, sua retirada era fácil. Acabava de ser testemunha ocular do nascimento de uma nova religião. Podia ir-se embora. Disse ao filho *"Vamos"* e não precisou esperar pela resposta. Era ele o condutor; o filho, o conduzido. O negão, entretanto, do alto de um caixote, não o perdera de vista:

– *Por que tu foges da Fé? Ela traz dores, mas traz a libertação! Por que negas o teu destino, a tua vocação?*

O pai não acreditava no que ouvia. O negão, quer dizer, o senhor bispo, dirigia-se a todos mas falava para ele. O apelo era direto. Fé, tudo bem. Mas que queria ele dizer com *vocação*? O pai afastou-se, a princípio de costas, puxando o caçula, pipocas e sorvetes, e fazendo reverências. O negão acenou com discrição e voltou logo o olhar para o seu rebanho. Mais distante, pôs-se o pai novamente a filosofar, agora sob o impacto do despertar tardio de uma vocação religiosa. Seu caçula era temporão e lhe dera um sabor especial à paternidade. A religião extemporânea também seria uma nova revolução na sua vida. Toda religião – pensava ele – vive da miséria, mas tem um lado rico. Talvez saber colocar-se do lado rico fosse também uma questão de vocação e fé. De vocação e fé nas suas habilidades. Aposentado, um bico interessante seria bem vindo. Não, não fugiria ao seu destino. Na segunda-feira, procuraria o negão, isto é, o senhor bispo, lá no velho galpão. Agora entendia o que o senhor bispo chamava de sua vocação. Seria pastor da Assembléia dos Devotos da Fé na Cruz. E um bom pastor. O senhor bispo bem precisava de um bom pastor. Teria um dos melhores.

***

O mistério do latão

O síndico foi o primeiro a chegar ao pátio, onde mesa e cadeiras estavam dispostas em círculo. A reunião era informal, mas se impunha um mínimo de formalidade. Afinal, a pauta de um só item e as circunstâncias da convocação, ao menor deslize, tenderiam a conduzir o comportamento geral para a galhofa. Isto o síndico não permitiria. Pesando tudo muito bem pesado, optara pela ocultação da pauta, até ao início da reunião, e decidira comparecer de terno e gravata, de modo que, já à primeira vista, ninguém teria dúvida sobre a gravidade do assunto a ser submetido aos condôminos.

Melhor seria se não viessem as senhoras, mas vieram, até porque os maridos não queriam perder um só minuto do jogo da seleção brasileira de futebol que começaria meia hora depois do início da reunião. Melhor seria se os condôminos comparecessem em pequeno número, mas compareceram em massa. Ausente apenas um velhinho paraplégico, temeroso da friagem noturna, da pneumonia e da possível ferrugem na sua cadeira de rodas. Verificado o quorum pelas assinaturas – um preciosismo do síndico diante da evidência visual e do caráter informal da reunião – foram iniciados os trabalhos.

– Senhoras e senhores, boa-noite. Em primeiro lugar, o meu pedido de desculpas pela convocação urgente e informal. Porém, é fato conhecido e estabelecido que há problemas condominiais que transcendem o poder de organização de um síndico ou mesmo de

qualquer colegiado encarregado de cuidar do bem comum àqueles que delegaram, confiantes, a um igual porém não obstante mais dedicado e solidário companheiro, a solução dos problemas também comuns, e mesmo incomuns, que por via de regra acometem esse mesmo bem comum e demandam...

— Seria demais pedir ao nobre síndico que decline a pauta desta reunião, por ora tão misteriosa?

— Quando o estimado condômino menciona "mistério" está pensando na pauta da reunião ou na própria reunião?

— Se o nobre síndico estiver atento, e atento, que eu saiba, sempre está...

— Muito obrigado...

— Como eu dizia, se o nobre síndico estiver atento, então admitirá que uma reunião convocada em caráter de urgência, com pauta desconhecida, com tanta informalidade...

— Pareceu-me de necessária prudência...

— Bem, já não lembro o que dizia, nem por que o dizia, mas pode o nobre síndico enunciar a pauta desta reunião?

— Admita o estimado condômino que eu já o teria feito, não fosse a inopinada interrupção.

— Soubesse eu o que é "inopinada" e poderia até concordar com o senhor.

— Peço-lhe menos solércia nas suas observações.

— Se "solércia" não disser respeito a minha mãe, posso até saltar essa parte e desistir de conhecer a pauta!

— É evidente que o senhor e todos os presentes conhecerão a pauta. Como deliberar sobre a pauta sem conhecê-la? Peço-lhe apenas que respeite o meu desconforto diante das senhoras aqui presentes.

— Não acredito que o nobre síndico nos tenha convocado para uma reunião pornô...

— Não vou aceitar provocação, muito menos do senhor, useiro e vezeiro em tumultuar as nossas assembléias.

— Useiro e vezeiro... Por que diabos o meu nobre síndico transforma sempre as nossas reuniões em show de português arcaico ou esotérico, e vestuário de época?

— Pergunto aos demais condôminos se devo dar seguimento a nossa reunião ou se a dou por encerrada agora mesmo.

Vozerio, apartes indefinidos, arrastar de cadeiras, irritação manifesta, até que, por fim, uma velhinha, de hábito sossegada e calada em todas as reuniões, levantou o dedo, obteve um gradativo silêncio e, quando pôde fazer-se ouvir, falou:

— Meus filhos, sou uma mulher entrada em anos e já não me restam tantos assim que possa desperdiçá-los em mistérios insondáveis quando há tanto a conhecer e tanto a apreciar. Até mesmo as pornografias me são bem-vindas, pois têm sido parte insignificante da minha vida e não me orgulho disso. Vocês ainda não sabem, são moços na maioria, mas é horrível chegar a uma idade avançada e não ter muitos pecados da carne de que se arrepender, ainda que a carne entre na minha ou em qualquer outra história mais como fantasia do que realidade. Senhor síndico, vamos à pauta, por favor, ainda que pornô.

— Minha senhora, saiba que eu não a convocaria para uma reunião pornô...

– *Lamento. De qualquer modo, vamos à pauta, por favor. Não se acanhe.*

– *Senhoras e senhores, como eu dizia...*

– *O senhor não dizia coisa alguma. Atenda à senhora, por favor, e finalmente diga alguma coisa.*

– *Bem, se é desejo geral que eu seja curto e grosso, anuncio então a pauta, sem maiores introduções e sem mais delongas.*

– *Imaginem. Se deixássemos, haveria introduções e delongas maiores...*

– *Trata-se de infratores seriais,* disse o síndico num sofrido ímpeto e esperou o efeito do que esperava ser uma bombástica revelação.

Silêncio absoluto, risos contidos com algum esforço. *Infratores seriais* não costumam ser item de pauta de reunião de condomínio, mas sim tema policial. O síndico, escolhendo as palavras com cuidado, expôs o assunto que o levara a convocar os condôminos naquela noite.

– *Lembram-se as senhoras e os senhores da importante decisão tomada em recente assembléia, qual seja a de adquirirmos latões a serem colocados em cada andar, na área comum de serviço, com a estudada, ponderada, declarada e manifesta finalidade de abrigar*

materiais inservíveis que nada tivessem a ver com o lixo orgânico de ordinário atirado à lixeira, devidamente ensacado, é claro, embora com muita freqüência...

— *O nobre síndico chafurda na felicidade sádica de nos tirar de casa numa noite de futebol internacional exatamente para quê? Dá para ser mais direto e dizer do que se trata, afinal? Pombas! Tenho mais o que fazer.*

— *Venho sentindo que o meu desinteressado esforço na administração do condomínio, tão carente de cuidados, tornou-se um trabalho indesejado. Sou um ser despojado de vaidades. Se não me querem, deixo o cargo de síndico para outra pessoa que melhor atenda às necessidades da nossa pequena comunidade. E posso fazê-lo agora.*

Seguiu-se uma balbúrdia em que mal se distinguiam os *não apoiado! protesto! nem pensar! fique, por favor! ninguém melhor!* etc. O síndico então abriu os braços numa atitude condescendente, sem tirar os olhos do seu desafeto contumaz.

— *Pois bem, como eu dizia, os latões tiveram bem definida a sua utilidade prática. Um deslize aqui, outro ali, nada vinha depondo contra a nossa decisão que ainda hoje me parece fundamentada no bom senso, pois lixo é lixo, é matéria orgânica, o resto é material reciclável a ser utilizado com inteligência.*

— *Lembro ao nobre síndico que a sábia decisão está regulada em lei e posturas municipais, e nada tem de criatividade nossa!*

— *Hoje, estimado condômino, hoje! Nossa decisão precede as disposições legais.*

— *O que demonstra o espírito previdencial e providencial do nobre síndico, bem como a oportuna manifestação desta assembléia, ainda há pouco, em recusar o seu afastamento voluntário da sua labuta diuturna em prol do bem estar de todos nós*. Assim falou o estimado condômino, ao mesmo tempo que sua fisionomia adquiria uma expressão de pétreo cinismo ao rememorar a expressão *labuta diuturna*, que derreteria o nobre síndico.

— *Agradeço ao estimado condômino as suas palavras, que tomo não como homenagem a mim, mas sim como reconhecimento explícito de que um ponto de vista contrário expresso por alguém de boa-fé não profliga, de modo algum, a honestidade de propósito de outro alguém igualmente de boa-fé. Obrigado pela confiança.*

— *E dizer que quase perco esse "profliga" por causa de um jogo de futebol insignificante...*

— *Que disse?*

— *Que a reunião, eu que o diga, caminha para ser interessante...*

— *Meus filhos, não será mesmo uma reunião pornô, não é verdade? Nosso prezado síndico continua guardião da ordem e da moralidade. Isso é bom para o tédio, digo, é bom para o prédio. Bem, são horas de uma pobre velha dormir. Não me levem a mal, mas devo ir-me. Boa-noite a todos e boa reunião. Até mais ver! Ai meu Deus, que frio...*

Gritos de alegria, seguidos de um foguetório ensurdecedor acompanharam a velhinha, do pátio ao elevador. A seleção brasileira fizera mais um gol.

*

— *Serei breve, tanto quanto possível. Daqueles latões, distribuídos nas áreas de serviço comuns, em cada andar, um foi destinado à dependência que contém os barriletes.*

— *Interessante, prossiga. Não precisa explicar o que são barriletes, até porque barriletes sempre os houve, certamente, e nunca o nobre síndico nos convocou com urgência por causa deles. Agora, colocado um latão ao lado deles e convocada esta misteriosa reunião, ou esta reunião com tão misteriosa pauta, dá no mesmo, tudo leva a crer que o problema esteja no latão e não nos barriletes.*

– Concluiu muito bem o estimado condômino, e fico grato pela precisão com que localizou o problema, só me restando precisar a natureza deste, o que me será altamente constrangedor, estejam certos, não obstante ser-nos facultada a abordagem de qualquer tema, desde que o façamos fundamentados na estrita necessidade e imbuídos do mais rigoroso espírito de seriedade.

– Acordes todos em que o nobre síndico jamais se valeria do cargo para, digamos, profligar a conveniência e a decência sempre reclamadas, uma vez social e administrativamente correto que costuma ser nos seus atos pessoais e profissionais, e porque não dizer também condominiais – peço-lhe, em nome de todos os presentes, que...

Gritos de gol e novo foguetório interromperam por segundos a fala do estimado condômino, que a retomou no mesmo fôlego:

– ...que deixe de frescura e diga de uma vez por todas que tão constrangedora história de latão é essa que nos tira de casa num dia de jogo da seleção brasileira.

– pois bem, já que me eximem de sutilezas –"cacaram" no latão!

– Ca... o quê?

– Isto mesmo, estimado condômino –"cacaram" no latão!

– Por quem sois, cidadão. Há senhoras presentes! Tem de ser na base do oito ou oitenta? Que grossura! Por que não dizer "defecaram" no latão?

— *Não sei o que o senhor ouviu ou entendeu. Eu disse "cacaram". Fizeram "caca", portanto. "Defecaram" é o que eu teria dito se o senhor não me tivesse levado à loucura. Pois bem, retifico – defecaram no latão!*

E a velhinha, que esperava o elevador, fez o caminho de volta.

— *Ora, ora, ora! Pensando bem, não está tão tarde, nem tão frio assim. Onde estávamos?*

— *Segundo nosso nobre síndico, "cacaram" no latão dos barriletes.*

— *Ele disse assim, com essas palavras? Que horror! Mas que são barriletes?*

— *Por favor, minha senhora, não pergunte. Foi um custo conseguir que ele não explicasse...*

— *Se ninguém quer saber, então eu também não quero. E daí? Lavaram o latão, não lavaram... o que devemos exatamente decidir?*

— *Diga, caro síndico. Estamos aqui para autorizar a lavagem do latão, ou o quê?*

— *O prezado condômino não conte com a presença das senhoras para me inibir e me impedir de lhe dizer o que merece ser dito a um impertinente como o senhor.*

— *Claro que não, mas conto com a gentileza devida pelo nobre síndico às senhoras presentes, e mesmo ausentes, não fosse o senhor um cavalheiro, para avançar logo e com clareza na história do latão, antes que os maridos fiquem preocupados com a duração da assembléia e venham conferir "in loco" o rumo dos trabalhos. Não vão acreditar que até agora só foi dito que fizeram "caca" no latão..*

— *Por falar nisso, meu caro síndico, seu palavreado já foi mais fino. Por que disse "aquilo", em vez de "defecaram" no salão?*

"Defecaram", o senhor tem de admitir, seria bem mais fino. Eu, uma senhora entrada em anos, fiquei e ainda estou chocada. Que horror! Mas que são mesmo os barriletes?

*

– Senhoras e senhores, não há motivo para prolongarmos o intróito. Ainda há pouco, referia-me a"infratores seriais", não sem razão. Quero dizer que entre os infratores seriais e a caca no latão existe uma relação direta e indissociável.

– Devo inferir que esta relação direta e indissociável é de natureza causal e que, "ipso facto", se os infratores são seriais, então mais de um defecador fez caca no latão, e que o latão, por conseqüência, foi vítima de caca por mais de uma vez?!

– Fosse essa a participação habitual do estimado condômino, e sempre tão preciso o seu rigor lógico, jamais eu perderia o rumo nas minhas explanações. Com a contumácia dessa colaboração, nossas assembléias ganhariam em dinâmica e produtividade. É isto mesmo, senhoras e senhores, temos mais de um infrator e muitas infrações de mesma natureza, ao passo que uma só vítima – o mesmo latão.

– Adorei ter voltado. A reunião parecia pornô, tornou-se em escatológica e agora tende para policial. Meu caro síndico, esclareça a esta pobre velha que não tem as luzes do nosso estimado condômino, e menos ainda a velocidade mental dessas mesmas luzes, que raciocínio ou descoberta o levou à conclusão da existência de infratores seriais no caso?

– Fácil, minha senhora, e não direi "elementar" para não parecer plagiário. Foi apenas uma questão de casar horários e horários. A senhora me poupe de discorrer sobre detalhes escabrosos, mas coisas tais como associar cheiros recentes com presenças recentes, ou cheiros antigos

com presenças mais antigas, reduziram em muito a quantidade de suspeitos, até que nos fixamos, eu e os empregados do condomínio, num dos entregadores de jornais. O mais foi só preparar uma armadilha e pegá-lo, digamos assim, com a boca na botija. Boca na botija é uma metáfora, entende, minha senhora?

– Entendo, meu caro síndico. O senhor quis dizer que foi só pegá-lo, digamos assim, com a boca no latão. Boca no latão ainda é uma metáfora, é claro.

– Fico contente com que a senhora me entenda. Eu me sinto constrangido em ter de encontrar palavras para...

– O nobre síndico nos pode dizer que explicação deu o entregador para procedimento tão, tão, digamos assim, tão exótico e rotineiro?

– Pelo que disse, quando apanhado em flagrante – e o que disse é o que eu repito ao estimado condômino – é que na primeira vez o evento decorreu de uma necessidade impostergável num período de tempo indilatável; a partir da segunda vez, um curioso e misterioso condicionamento psíquico teria feito o resto.

– Em outras palavras, uma caca no latão atraiu mais caca no latão?

– Não poderia ser mais exato o estimado condômino.

Levantou-se então uma figura corpulenta, de idade ancestral, olhar agudo, cabelos e bigodes grisalhos, dignidade de um Barão do Rio Branco redivivo. Pediu licença, lançou um olhar atencioso a todos os circunstantes, como se somente então os visse, cumprimentou-os com quase imperceptível inclinação da cabeça, e falou, com voz grave e pausada:

– Vejam os amigos que aqui estão, atendendo à convocação cordial e gentil do nosso prestigiado e decano síndico dentre todos os síndicos

do bairro, para dar solução a um problema que nos afligia e não sabíamos, relacionado a um latão que imaginávamos cumprindo o seu papel, mas na verdade prestando-se a papéis outros por via do despudor de um serviçal abjeto que – temos o direito de assim pensar e o desejar – na certa foi denunciado ao seu empregador e afastado do convívio diário que mantinha com outros mais valorosos profissionais de apoio da nossa imprensa... Vejam os amigos que aqui estão, repito, como...como... Disse e mais não disse, porque o brilho do seu olhar tornou-se opaco, seus gestos perderam-se no vazio de um ator que esqueceu a fala, seu todo quedou-se exposto como memória viva da múmia de si mesmo. Uma acompanhante, ao seu lado, disse-lhe *vamos* baixinho, e ambos deixaram lentamente e em silêncio a assembléia dos vivos provisórios.

*

Foi longo o silêncio que se fez, e só foi quebrado pela voz sumida da velhinha, que pareceu vir do outro mundo:

– Quando penso que a coisa vai, não vai. E agora, meu caro síndico? Faço um esforço danado para não perder o barco e de repente *"pluft"*! Agora já não sei de mais nada. Onde estávamos?

– Estávamos, minha senhora, aproveitando a fala do nosso querido e respeitável condômino, querendo dizer que o infrator foi denunciado e demitido das suas funções, lá nas origens.

– Então acabou-se a reunião? Posso ir-me embora. Ah, não, temos de autorizar antes a lavagem do latão. É isso? Acho que alguém o disse.

– Não, minha senhora. O latão já foi lavado. Aliás, não cansa de ser lavado, o que mais faz é ser lavado...

— Então, muito boa-noite para todos. Até mais ver. Meu Deus, que frio...

E a velhinha fez de novo o trajeto do pátio ao elevador.

*

— Senhoras e senhores, não os convocaria se fossem somente estes os fatos. Se isto fosse tudo, tudo estaria resolvido. A convocação seria despicienda.

— Não, por favor, o meu nobre síndico não disse o que eu ouvi, não vamos começar do princípio, a noite já não é criança, os vampiros e os lobisomens fazem a sua ronda, a mula sem cabeça venta fogo pelas narinas, o saci-pererê assobia e assombra pelos cantos, é hora de criança ir para a cama, não são horas de velhinhos tomarem sereno, existe um jogo de futebol sendo jogado, vamos pôr um ponto final nesta história toda, agradeço ao meu nobre síndico ter-me dado ciência dos procedimentos escatológicos habituais de parcela significativa da valorosa imprensa escrita, falada e televisada, tudo bem, mas chega. Chega, pombas! Que tortura é essa, meu povo? Já não quero ver jogo droga nenhuma, quero é dormir. E ainda tenho de agüentar não só uma convocação mas também uma assembléia não "despicienda"? Que é isso, minha gente? E se essa droga toda for despicienda, seja lá o que for despicienda?

— Quero dizer ao estimado...

— Não vai dizer porra nenhuma. E estimado é o seu avô, que é da sua laia, da sua estofa, do seu jaez, síndico pernóstico e vigarista. Tome tento que acabo com a sua raça, pilantra enfeitado, achacador de dez por cento, desocupado e sádico profissional. Vai limpar o cocô do latão, vai. E veja se não enche o saco de quem está sossegado. Infratores seriais. Se já não bastasse um. Pombas, então tem mais de um. Tem *mais. Quem mais fez cocô no latão? Me diga, que estou doido para dar porrada num cagão. Quem foi mais?*

Apressando o passo, ressurgiu a velhinha, imbuída do propósito de enfrentar aquela reunião até ao final.

– Então, minha gente, vamos decidir mesmo o quê?

*

Foram muitos os grupos e subgrupos espontâneos, formados de imediato e ditados pela necessidade imperiosa de a assembléia pôr fim à crise gerada pelo destempero do estimado condômino, que jazia em estado de estupor depois de agarrado e atirado a uma cadeira, no justo momento em que se esforçava para levantar e atirar a mesma cadeira no nobre e agora horrorizado, chocado, enrijecido e emudecido síndico. Leques e abanos, álcool nos pulsos, amônia nos narizes, tudo o mais imaginado foi utilizado no esforço comum de reanimar os contendores. Há quem diga que foi a velhinha, com a lembrança de recorrer à solução mágica da Maravilha Curativa do Dr. Humphreys, a responsável pela reanimação dos dois contendores. E uma vez reanimados, coube a todos o trabalho insano de reaproximá-los para a paz ou ao menos para uma guerra apenas fria, sob o risco de sobrar para algum dos presentes o honroso cargo de síndico, tão bem exercido, por tantos anos, pelo seu atual ocupante.

Após muitas negaças, idas e vindas de mãos inseguras, os dois finalmente cumprimentaram-se e logo, logo receberam delegação dos presentes para, em comissão plenipotenciária, levarem a bom termo o caso misterioso do latão e dos infratores seriais, dando apenas conhecimento por carta aos condôminos da solução encontrada que, não tinham dúvida os outorgantes, seria a melhor solução possível em face do gabarito dos outorgados. E antes que o síndico tivesse idéia melhor, todos foram para casa, no instante em que novos gritos e novo foguetório anunciavam outro gol da seleção brasileira.

*

— Saiba o estimado condômino que não guardo rancores. Talvez eu tenha sido o responsável pela sua privação de sentidos. Agora, "achacador de dez por cento" foi demasia.

— Saiba o nobre síndico que reconheço dever à minha impaciência a constante interrupção da sua explanação e conseqüente dificuldade de se chegar ao enunciado completo do problema. E eu me penitencio do "achacador de dez por cento". Mas afinal – qual é o mistério do latão?

— O mistério é mistério, mas é fato que alguém continua a visitá-lo, a ele, o latão.

— Quem poderia ser?

— Desconfio do próprio faxineiro. Tem mais intimidade. Tenho indícios seguros.

— Mas como, se é ele mesmo que tem de lavar... não é molecagem prática...

— Por isso é que temos um mistério pela frente.

Não tinha mais sentido verem o final de um jogo de futebol já ganho. Conversando, tomaram o elevador e subiram ambos à dependência dos barriletes, no último andar.

— Este é o latão. Visto assim, parece um latão igual aos outros.

— E certamente o é, meu nobre síndico. É um latão igual aos outros, mas fica aqui escondidinho, longe do bulício do mundo.

— "Bulício" quem disse foi o estimado condômino.

— Influência sua. Síndico também é cultura. Que horror!

— Mas o senhor tem razão. Este ambiente aconchegante, relaxante...

— A paz que se respira aqui dentro...

— Não fosse eu ter comido um vatapá apimentado no almoço, diria que é ele, o ambiente de sossego e recolhimento... deixa para lá.

— Realmente, também não ando bem. Creio que foi um um talharim à putanesca. E nosso entrevero piorou as coisas. Esta minha cólica...

— "Entrevero"! Será que o amigo está assimilando algo da personalidade do síndico?

— O amigo também. Parece que, pelas suas contorções, está sentindo as minhas cólicas...

— Sinto. Credo. Será que o faxineiro sente cólicas iguais toda vez que vem retirar os materiais depositados neste latão? Vou reconsiderar meu juízo sobre os fatos.

— O coitado não tem culpa. Se caprichar na faxina, então não deve ter tempo de chegar ao térreo.

— Se também ficarmos muito tempo por aqui, meu estimado... Melhor irmos embora.

— É melhor. Vamos, meu nobre...

— Se dermos sumiço neste latão, então daremos sumiço no mistério. Assunto encerrado.

— Então, decidiu-se a egrégia e conspícua comissão...

— Pela venda do latão.

— Não é uma decisão original.

— Mas sempre funciona.

— Ao pátio, para redigirmos nossa circular aos condôminos

— Me dê cinco minutos e me espere lá embaixo, estimado condômino.

— Faço-lhe igual pedido, nobre síndico.

***

O enterro

Não se espera que um enterro seja alegre. E quase nunca o é. O que não se impede, em qualquer enterro, é o caso isolado de júbilo de foro íntimo. Existe uma alegria socialmente discreta naquele que acredita ser a morte regida por um sistema de quotas, de tal modo que, morrendo alguém das nossas relações de alguma coisa, o mesmo mal tão cedo não nos atingirá. E ao levantar o véu e vermos o rosto frio e pálido de um amigo extinto, nos bate a reflexão egoísta de *antes ele do que eu*.

Naquela tarde de domingo, naquele cemitério, o saguão estava repleto de gente barulhenta, excedente humano que extravasava de todas as capelas que concorriam em prestígio com os seus defuntos em exibição. Cafezinhos e chazinhos circulavam com desembaraço e donaire. Parentes matavam-se as saudades ou faziam as pazes, e empresários fechavam novos negócios. Ramos distantes de família se encontravam e se reconheciam, eufóricos. Priminhas e priminhos envelhecidos, havia muito desaparecidos, reviam-se como primeiros namorados e namoradas de um passado distante, e o susto era maior do que a saudade.

No entanto, aquela capela desafiava todos os limites do bom senso. Copos de papel e salgadinhos gordurosos ocupavam as mãos e dificultavam os cumprimentos. Uma virago, de cerca de metro e noventa de altura por pouco menos de largura, e voz tonitruante, cercada de irmãos e amigos-capangas, comandava a farra. *"Mais uísque, pombas! Cadê o uísque? Não vão matar o meu pai outra vez, não é, agora de vergonha?! Adroaldo, meu filho, te pago uma nota preta para tu servires e tu ficas com essa cara de meu deus que é isso? E vê como segura essa bandeja, cara, senão tu dás bandeira! Não pára, cara! Não pára!"* Alguém perguntou se havia uns docinhos. *"Docinhos? Este é um velório sério, meu santo! E de gente séria! Dizem que ali tem mãe-benta, ó! Ali, ó! Mãe-benta e groselha. Vai e não volta, faça-me o favor! Docinho... Imagina se meu velho ouve isso... Adroaldo, bicha doida, circula! Circula! Cadê o uísque, porra?! Acabou? Abre outra garrafa, cacete! Aliás, duas. Uma só para mim. Está esperando o quê?*

Um senhor baixinho, mínimo na verdade, gordinho e careca, sem pescoço, de jaquetão abotoado de cima embaixo, impecável na sua roupa preta, braços esticados ao longo do corpo, em atitude de quem esperava com dignidade a bofetada inevitável, chegou-se quase imperceptível: *"Senhora, minha senhora..."* A virago, em meio ao tumulto que ela mesma gerava, ouviu aquele *senhora, minha senhora* como um apelo vindo de outro mundo. Olhou em volta, olhou para baixo, e só então deparou com aquela figura pequenina e estranha ao seu ninho, tão estranha quanto um duende benfazejo isento de travessuras. *O duende-chefe do cemitério*, é isso, pensou a virago, ajudada do álcool que lhe anestesiava o cérebro. Anão não era. Anão era uma questão de cara. O hominho não tinha cara de anão. Ela havia lido um livro sobre duendes. Aquela figurinha mínima era um deles, sem dúvida. Era o duende-chefe do cemitério, que não fora convidado e reivindicava sua dose de uísque. *"Adroaldo, ó Adroaldo, vem com essa garrafa para cá, coisa ruim. Temos um convidado de honra."* O senhor pequenininho empertigou-se, ajeitou o nó da gravata, pôs-se na ponta dos pés e murmurou para cima com timidez: *"Senhora, venho daquela capela ali, onde também se perdeu um ente querido, muito querido. Nossa dor é imensa e a vínhamos carregando em silêncio, até onde é possível num cemitério, mas agora... como direi... mas agora parece que houve uma explosão de alegria...*" A virago botou-lhe em cima dois olhos imensos, úmidos e enevoados de álcool, com tão súbita quão surpreendente ternura. *Uma gracinha, esse duende-chefe. Se pudesse, o levaria para casa.* Pensou nisso e, misturando realidade com fantasia, imaginou que era uma possibilidade. Abaixando-se, pediu com um gesto que o duende segurasse o seu copo e, com as mãos livres, colocou entre elas o rostinho redondo e desprotegido da ínfima aparição.

– *Quer vir comigo para a casa da mamãe?*

– *Da senhora sua mãe?*

– *Não. Da minha casa.*

– *Agora?*

– *Não, meu anjinho. Depois do enterro dos nossos entes queridos.*

O senhor baixinho não acreditou no que acabava de ouvir. Afinal, tudo o que queria era pedir que o animado velório no entorno do seu defunto querido fizesse um respeitoso silêncio, ou no mínimo um tumulto dosado que não prejudicasse a encomendação do corpo tão paciente na sua quietude, que, em meio a padre e convidados, permanecia imperturbável à espera do resultado das negociações de que ele, embaixador da causa, estava incumbido. No entanto, *o homem põe e Deus dispõe,* como vinha ensinando a várias gerações o antigo ditado. O embaixador ou duende-chefe via-se envolvido num processo involuntário de sedução em que mal se definia o seu papel de sedutor ou seduzido. E estava gostando.

*

— Onde puseram o gravador, gente? Adroaldo, sujeito safado, cadê o raio do gravador? Está na sacola? Então tira. Bota na tomada. Achaste? O gravador eu sei que achou, leso! Falo da tomada. Põe a fita dos Beatles, pombas!

— Minha senhora. Por favor, minha senhora. Vai ter música?

— Vai, meu anjinho. Tu vais gostar. A gente enterra o defunto do meu povo com música, o defunto aí do lado também. O teu defunto. Parece que tu gostavas dele. Tu olhas para lá o tempo todo. Dá para perceber. A gente mistura tudo. Fica legal, fica solidário. Esse negócio de integração, globalização, está sabendo? O povo da minha capela andando e proseando com o povo da capela ao lado. Ou melhor, cantando. Gente que canta unida permanece unida. De repente tudo fica unido e amigo. Gente e duende chorando e bebendo junto os dois defuntos, é ou não é?

— Bebendo os defuntos?

— Já vi que tu não conheces os costumes do povão humilde do norte. Tu vives em cemitério chique. Tu sempre moraste no Sul-maravilha. Tu não sabes, mas é assim que lá no norte a gente afoga as mágoas e se consola do defunto morto — na pinga.

— Minha senhora, mas música...

— Tu queres, tu escolhe, meu anjinho. A gente não precisa ir de Beatles, como está no gravador. Tu tens cara de valsa, eu sei, mas aí já é demais. Que tal um MPB-4 maneiro, pianinho? Ó Adroaldo, tira os Beatles e põe o MPB-4. Dá no mesmo. O velho gostava dos dois, tudo do tempo dele. Dizia que qualquer um estava bom para o enterro dele. Trouxe fitas dos dois. Porra, Adroaldo, cadê o meu uísque?

Tarde demais. As vozes dos Beatles espocaram no gravador, no mais alto volume. *Let it be*, aos poucos e aos berros, sob o comando e a regência da virago, carregada por irmãos e amigos-capangas, e posta em cima de um banco arranjado às pressas, encheu peito a peito dos que lotavam a capela eufórica, para indignação da massa humana revoltada nas demais capelas.

– *É o cúmulo, ora já se viu!*

– *Que absurdo! Cadê a polícia? Cadê a direção do cemitério?*

– *Que vergonha! Não se respeitam mais nem os mortos!*

Como em tudo na vida, havendo uma posição ou uma opinião, passa a haver duas. Em poucos segundos já se organizavam e se enfrentavam as facções dos contra e dos a favor. Os primeiros, maioria escandalizada e ofendida, bradavam inconformados e eram atropelados na sua indignação; os últimos, minoria barulhenta e aguerrida, bebiam o seu defunto cantando com absoluta irreverência e total indiferença aos circunstantes. Chega a administração, chega a tropa de choque do cemitério. Agora são três facções brigando entre si. Instala-se um caos babélico. Ninguém se entende.

– *Tira da tomada! Tira da tomada!*

– *Se tirar da tomada leva cacete!*

– *Tira da tomada!*

– *Pau nele! Pau no safado!*

– *Desliga a chave!*

– *Não deixa! Não deixa!*

Numa fração de segundo, as luzes das cabeceiras se apagam, as vozes dos Beatles perdem-se no ar, os ventiladores param e uma pancadaria sem precedentes na história do cemitério toma conta do saguão. O inimigo não está uniformizado. É mais intuído e pressentido do que visto e reconhecido. Todos batem em todos e, quando a chave é religada, somente os defuntos velados respondem pela ordem no recinto. A batalha acaba por exaustão.

A virago, amarrotada e desgrenhada, sentada no chão e apoiada junto à parede, sustenta nos seus braços uma garrafa de uísque e o duendezinho impecável no seu jaquetão abotoado. Nele, nem um só fio de cabelo fora do lugar. O corpanzil da virago o protegera.

– *Machucaram o meu anjinho?*

– *Não.* O homenzinho parece haver-se ajustado ao seu novo papel.

– *Vou te levar para a casa da mamãe.*

– *Para a casa da senhora sua mamãe?*

– *Não. Para a minha casa, fofinho-mor deste cemitério.*

Só então o homenzinho lembrou-se de que já mantivera esse diálogo. Aconchegado àqueles seios abundantes e quentes, quase se esquecera do mandado que lhe fora confiado junto a sua protetora, encharcada de álcool. Pensou que, naquela circunstância, mergulhado em ternura, dispor daqueles seios e mamar em público seria muito natural. Não haveria resistência, estava certo disso. Conteve-se. Tinha uma missão a cumprir. Temeu por suas palavras, mas nem por isso declinou de suas obrigações de embaixador plenipotenciário.

– *Minha senhora, pode me ouvir?*

– *Depende, meu anjinho, se tu não me cansares muito... Tu me deste trabalho, sabia? Apanhei mais do que bati para não sobrar pra ti.*

Eram todos sobreviventes de um conflito inimaginável, a recompor ossos, vestes e dignidade amarfanhados, sob um silêncio tão assustador quanto o incontrolado tumulto anterior. O homenzinho contemplava aquela mulher imensa e forte que o mantinha no colo com tanta ternura. Vivera mais de meio século sem amores, dominado por timidez invencível e insuficiência física, pensava. Agora seu coração batia apressado por aquela força viva e transbordante da natureza. E aquela mulher envolvente, de olhos enormes e tomados de candura, parecia encantada do seu achado. E era tão grande e tão forte e tão feminino aquele mundão de mulher, que o homenzinho cresceu e ficou do tamanho da sua conquista. O pequenino Davi derrubara o gigante Golias, foi o que pensou com orgulho mas sem vaidade o hominho.

— *Minha cabrita, temos mortos a enterrar!* Lembrou num sussurro, para não acordar do sonho. Disse e assustou-se, surpreso com a ousadia da sua linguagem.

— *Temos, meu biscuí!* E ela o colocou no chão, com todo o cuidado. E bebeu mais uma dose de uísque pelo gargalo.

Aproximou-se aquele que, sem dúvida, era o administrador do cemitério. Vinha acompanhado de muitos policiais, para que suas palavras obtivessem de todos o esperado grau de concordância.

– *Minha senhora, meu senhor. Meus respeitos. O que acaba de acontecer neste cemitério é inominável. Nunca, em todos os tempos, a homenagem aos mortos foi tão achincalhada, tão aviltada. De um musical a uma praça de guerra, tudo foi uma só ignomínia. No entanto, não estou aqui para fazer julgamentos, e sim para dar um final decente ao espetáculo, já que se trata de um espetáculo. Um espetáculo lamentável, mas um espetáculo. Venho sugerir, na verdade encarecer – e agora me dirijo à senhora, em especial –, que antecipe o sepultamento do seu ente querido. Faça-o agora. Creio que todos os presentes, os vivos e os mortos, lhe agradecerão do fundo do coração. E se me permite...*

Foi o seu erro. O gesto de estender a mão para recolher a garrafa de uísque derrubou o bom senso das suas palavras de administrador experiente.

– *Te sirvo...*

O avantajado corpo de mulher cresceu, tornou-se bem maior. Um braço musculoso enlaçou e levantou o administrador pelo colarinho, como quem levanta um gatinho pelo pescoço, enquanto o outro braço enfiou o gargalo da garrafa boca a dentro daquele ser desprotegido dos guardas que permaneciam inertes e encolhidos, sem acreditar no que viam. A turma do deixa-disso interveio e, graças ao cansaço generalizado, dessa vez com sucesso. O administrador, equalizado no álcool aos demais circunstantes e arrancado aos braços da fera, sobreviveu sem alegria. Sumiu-se mudo e quedo nos braços da polícia, afinal acordada.

*

Abreviadas as orações e aparafusado o caixão às pressas, sob ameaças generalizadas de prisão, seguiu o féretro em direção à sepultura, levado por coveiros, parentes e amigos do defunto, curiosos egressos de outras capelas e policiais perplexos. Quase todos movidos a álcool. Alguém bendisse em voz alta a antecipação do enterro e logo outro alguém murmurou *quem sabe faz a hora, não espera acontecer.* Em segundos, a canção de Geraldo Vandré estava no ar: *Vem, vamos embora, esperar não é saber. Quem sabe faz a hora, não espera acontecer...*

O cortejo chega à sepultura. Todos continuam a cantar. A mulherona, com uma das mãos segurando o seu duendezinho e com a outra uma garrafa de uísque, sempre renovada pelo atento Adroaldo, serve os presentes com alegria e generosidade. E recomenda: *"É para jogar em cima do caixão, como se fossem flores."* Olha em torno e corrige um esquecimento:

— *Adroaldo, ó Adroaldo, acorda! Traz os copos aqui pra turma da sepultura.*

— *Dona, queremos homenagear o seu pai, mas bebendo o defunto, como a senhora diz e como fez o pessoal lá no velório. Nunca desperdiçando bebida boa em cima do caixão. Até hoje só bebemos cana. Mas hoje pode ser dia de coisa melhor. E vai ser melhor ainda depois do expediente. Depende da senhora. Dá para entender?*

A senhora não responde. Um toque-toque, fraco a princípio e menos fraco a cada segundo, emudece a todos. Silêncio total. O toque-toque fica mais forte. Ninguém fala, ninguém se mexe. As batidas vêm de dentro do caixão.

— *Abre! Abre!* Brada a mulherona. Apura o ouvido. Pode ser o porre. As batidas se repetem. Não, não pode ser o uísque.

— *Abre logo, pombas!*

O povo foge. Só ficam os filhos e a filha do defunto, e o hominho seguro pelo braço. Os coveiros acodem à ordem e desaparafusam o caixão, ainda não baixado à sepultura. O defunto não é defunto, é um caso de catalepsia. Abre os olhos. Pisca. O lusco-fusco é muita luz para quem estava na escuridão. O ex-defunto quer falar mas tem um cravo na boca. Ensaia um movimento de braço. Sua filha é mais rápida e lhe tira o cravo.

— *Fala, papai. Tu estás vivo, meu velho.*

— *Filha, quem é?* O velho aproveita o braço recém-levantado com esforço e aponta para o homenzinho.

— *Filha, quem é?* Intriga-o que estejam de mãos dadas.

— *Meu duendezinho, meu pai. Vou levá-lo para casa.*

O velho sorri. Vivera uma vida. Nunca, em nenhum momento, imaginara sua filha com um homem. Precisara morrer para vê-la de mãos dadas com um – um hominho, é verdade, mas geneticamente um homem. E *o hominho nem tem cara de anão*, pensa.

— *Deus te abençoe, minha filha.*

— *E abençoe o meu duendezinho também, meu pai.*

— *E o seu duendezinho também, minha filha.*

O velho faz um sinal com a mão, já pousada em cima do próprio peito. Murmura algumas palavras ininteligíveis. A filha abaixa-se para ouvir. Ele as repete, uma, duas, três vezes. A filha acena que entendeu, com a cabeça. Recolhe o cravo posto de lado e o recoloca na boca do pai, que se cala, já não respira e tem os olhos abertos, perdidos no infinito. A filha então lhe fecha os olhos com uma só das mãos e um só gesto, e se afasta, sem largar o hominho.

– Dona, agora ele está mesmo morto? Ainda há pouco ele falava e agora a senhora fechou os olhos dele.

– Não importa. Ele já viu o que queria ver. Vem, meu duendezinho. Para a casa da mamãe. E tomara que para sempre.

***

Duas páginas de amor

senhor de meia-idade entrou no seu sebo predileto, conforme fazia todos os dias, à saída do trabalho. Deu boa-tarde ao seu amigo livreiro, acenou de longe para o gerente da loja, lançou um olhar atencioso aos circunstantes e estendeu a mão para receber o banquinho que o vendedor mais próximo já providenciara para o seu cotidiano trabalho de garimpo.

O gerente aproximou-se e lhe disse *"Temos novidades em literatura"*. O senhor perguntou *"Onde estão?"* e olhou para os pacotes ainda no chão e amarrados. *"Chegaram hoje"*, completou o gerente. *"Quer abri-los?"*, e ofereceu ao senhor uma tesoura, como um colono oferece sua noiva ao senhor de engenho, em cumprimento ao ritual do privilégio da primeira noite.

O senhor apanhou a tesoura sem uma palavra de agradecimento. Não por descortesia, pois era cortês de natureza, mas o fez como quem apenas exerce um pleno e reconhecido direito. À primeira tesourada, abriu-se o primeiro pacote, os livros pareceram respirar e o volume de cima caiu aos seus pés. *"Deixe..."* quis antecipar-se o gerente, mas o senhor o conteve com uma das mãos, enquanto com a outra pegou o livro de capa dura, cujo título, como informação solitária, constava apenas da lombada – *Romance em duas vidas*.

Colocou a tesoura sobre o pacote, cuidando que os demais livros não desabassem, segurou o romance com ambas as mãos e abriu com zelo de amante apaixonado o volume aquietado pelos seus discretos afagos. Seu coração disparava, suas mãos tremiam e os olhos buscavam com avidez alguma dedicatória, algum sinal de vida. Tomando toda a página em que, em letra de forma, o livro era dedicado à extremosa esposa e ao querido filho, lá estava a letra miúda e desenhada do seu pai, escrita em caneta-tinteiro:

Minha Menina,

Aqui está o produto final do seu trabalho de formiguinha e de guerreira. Não fosse você, este trabalho estaria por fazer. Seria um dos inúmeros projetos que, durante a vida, deixei a meio do caminho, por falta de incentivo e mesmo de um aguilhão amoroso que me fizesse sentir capaz de realizá-los. Este, não. A Menina que deu luz e rumo à minha vida, que me mostrou e fez acreditar que destino é força de vontade, já estava ao meu lado para não me deixar descuidar. Estava ali, o tempo todo, dizendo "assim ficou bom", ou então "assim não está bom", sugerindo "troque esta palavra por outra mais simples", ou ainda "dê mais atenção ao equilíbrio e à coerência do texto". Enfim, a Menina que deu rumo e colorido à minha vida é a mesma Menina graças a quem dei princípio, meio e fim ao meu romance. Foi bom nascer e esperar para viver de amor. Será bom morrer de amor. Do seu único e verdadeiro amor..."

A assinatura ilegível era uma velha conhecida e não deixava dúvida. Assim como o romance, a assinatura era mesmo do seu pai. *"Levo este"*, disse ao gerente, que perguntou *"Não quer ver os outros?"* Não, nesse dia o senhor deu-se por satisfeito e não queria saber das novidades chegadas. Pagou o livro com o desconto de praxe, dispensou o embrulho, despediu-se com um gesto de cabeça e foi para casa.

*

Havia perdido o sono, fato raro. Levantou-se, foi ao escritório onde passava a maior parte da sua vida, sentou-se na poltrona de encosto recurvo que lhe recurvava a cerviz, dia após dia, e abriu mais uma vez o livro que havia décadas saíra das mãos do seu pai para a *Minha Menina* que lhe fora suficiente na dedicatória para identificar e homenagear um grande amor, na verdade *seu único e verdadeiro amor*.

Pensou então que o romance escrito seria talvez o romance vivido pelo pai à margem da sua vida familiar. E o releu com outros olhos, deixando para trás os olhos de inocência com que o lera pela primeira vez havia muitos anos. Releu-o sem pausa, numa compulsão. Aquele romance que antes lhe parecera uma improvável idealização do amor adquiria novo significado. Era uma surpresa e uma libertação. Era uma surpresa porque, a seus olhos, o pai perdia em heroísmo e ganhava em dimensão humana. Era uma libertação porque se desvanecia o compromisso íntimo de o filho ser imagem e semelhança do pai, agora engrandecido na sua fragilidade. O pai descera das alturas e, mais perto, crescia no seu peito e aquecia o seu coração, embora não tão perto que lhe permitisse estar ali para que o filho pudesse beijá-lo com mais desprendido amor e menos cerimonioso respeito.

A ser verdade que o romance escrito era o romance vivido, muita loucura e muito sofrimento haveriam de ter acompanhado aquele amor que lhe parecia infinito mas limitado na sua manifestação externa pelos condicionamentos familiares de cada um e pela provável e irresolvida indecisão entre a felicidade absoluta a ser assumida por ambos e a suposta infelicidade alheia. A última fala de uma das personagens profetizava que *"Um dia o sangue do sangue, a carne da carne e o espírito do espírito de cada um de nós se encontrarão e, livres, darão continuidade a nossa história de amor, dando nova vida e realizando na plenitude o que de melhor podemos agora deixar ao futuro.*" Essa a mensagem final de *Romance em duas vidas*, legada ao possíveis mas improváveis herdeiros de tão absurdo amor.

*

Ao final da tarde, um pouco mais cedo do que de costume, o senhor adentrou a livraria e, também fora do costume, passou por todas as prateleiras sem olhar para um só livro, em busca do gerente. "*Eu preciso do senhor*", disse quando o encontrou. "*O senhor me diga para quê, e eu o atenderei*", foi gentil mais uma vez o gerente. "*Me diga, por favor, de quem adquiriu este livro*", e mostrou o volume que trazia à mão. "*É o que o senhor levou ontem, não?!*", certificou-se o gerente, inseguro quanto à intenção do cliente. "*É algo que eu mesmo posso resolver?*", completou. "*Não. É uma dúvida que só posso tirar com essa pessoa, se não se importa.*" O gerente entendeu que deveria ater-se ao que lhe fora perguntado. Foi-se por algum tempo e voltou com um papel rabiscado. "*Regina é o nome dela. Aí está o telefone.*"

A caminho de casa, o senhor tomou-se de angústia. Abria e fechava o papel, lia e relia nome e telefone, ensaiando as palavras com que se apresentaria. Imaginou-se diante de uma senhora muito idosa, talvez doente, de uma beleza que era apenas sombra da beleza fulgurante de outra época. Uma senhora em que o passar do tempo varrera o amor do seu coração, deixando apenas uma lembrança dolorosa, agravada por uma dedicatória que sequer o seu nome continha. Uma senhora cujo passado perdera o sentido e do qual aquele livro era apenas uma triste e incômoda recordação, o símbolo de um destino mal cumprido.

Ou não era nada disso? Quem sabe aquele livro, pela volubilidade da vida, tinha mais histórias a contar do que um só caso de amor a registrar? Quem sabe toda essa angústia ora sentida não se diluiria ao primeiro contato com alguém que mal lera a dedicatória, se chegara a ler, e enviara o livro ao sebo para abrir na estante mais um lugar, ou apenas para tornar a vida mais leve, jogando cargas ao mar?

*

— *Alô?* A voz era jovem. Não podia ser dela.

— *Por favor, Posso falar com Dona Regina?*

— *Quem deseja falar com ela?*

— *Ela não me conhece. Sou a pessoa que comprou um livro de um lote que ela vendeu ao sebo.*

— *Sou eu mesma. Que deseja?*

Baixou um branco inesperado e bloqueou a mente daquele senhor. E agora, como dizer o que desejava? A voz jovem rasgara o seu roteiro e a sua primeira fala.

— *Alô! Sou eu mesma. Que deseja?*

— *Sou a pessoa que comprou um volume de um lote de livros que a senhora vendeu ao sebo.*

— *Isso o senhor já disse. E então?*

— *Comprei* **Romance em duas vidas**.

— *Sim...*

— *Tinha uma dedicatória.*

— *Sei.*

— *O autor do livro é meu pai. A dedicatória também é dele.*

Fez-se silêncio nas duas pontas da ligação. Fica a cargo de um possível leitor a especulação sobre o que se passava naquele instante em cada uma das cabeças.

— *Quando o senhor pode vir aqui?*

— *Como disse?*

— *Quando o senhor pode vir aqui?*

— *Longe de mim querer incomodar...*

— *Sabemos os dois que nossa conversa não vai ficar neste telefonema. Vamos queimar etapas, por favor. Conjunção astral ou qualquer que seja a razão de o senhor haver encontrado o livro, lido a dedicatória e me telefonado, é um sinal que não pode nem deve ser desprezado. Quando o senhor pode vir aqui?*

— *Agora.*

— *Então venha. Anote o endereço.*

— *Tenho onde deixar o carro?*

— *Arrisque, ainda que isto signifique taquicardia e insegurança. Se for de todo comodista, pegue um táxi. Se o senhor vier de ônibus, com o que temos a conversar, será uma profunda decepção. Será porque o senhor não está à altura do momento histórico. Anote o endereço, por favor.*

*

O senhor optou pelo táxi e, desde logo, sentiu-se nu de alma e desmoralizado, muito embora, à luz da razão, ir no seu carro para onde não tinha a menor idéia do que fazer com ele era pura e inútil temeridade. Optou pelo táxi, mas não foi. Ou melhor, foi, voltou com cinco minutos de viagem, pagou a corrida frustrada ao motorista, a quem deu uma desculpa qualquer, pegou o seu carro e foi-se, agora sim, para o endereço anotado, com raiva de si próprio, pois não tinha satisfação a dar a uma desconhecida. Pelo menos, era o que pensava. Chegou e encontrou um confortável estacionamento rotativo ao lado do prédio da Dona Regina. *Ela fez um teste*, pensou. Com o sangue em ebulição, tocou a campainha. A porta abriu-se, os dois se deram boa-noite, e não houve perda de tempo.

– *Sente-se, por favor.* O senhor sentou-se.

– *O que o senhor quer de mim?*

– *Não sei como começar. Acho que houve um grande engano. Eu me precipitei. Por outro lado, a senhora não me deu tempo...*

– *Não me decepcione. O senhor falou em dedicatória. Deixe-me ver.*

O senhor entrega o livro que trouxe. A senhora abre-o devagar, como se procurasse reconhecê-lo. Depara com a dedicatória. Lê em voz baixa, com a atenção de quem o faz pela primeira vez.

– *É o livro. Aqui está a dedicatória. É a própria.*

– *A senhora é a Dona Regina?*

– *Eu sou a Regina. Se quer saber, "Dona" Regina, para facilitar sua referência, era a minha mãe.*

– *Era?*

– *Era. Minha mãe morreu. Meu pai morreu. Meus avós estão mortos faz tempo. Sou solteira, não tenho filhos. Tampouco tenho irmãos ou irmãs.*

— *Filha única... e tão moça... não pode ser. Então a dedicatória...*

— *Foi feita para a minha mãe.*

— *Naqueles tempos a senhora...*

— *"Você" fica mais fácil... Deixe "Dona" para minha mãe.*

— *Naqueles tempos, pela data da dedicatória, você já era nascida.*

— *Nascida e não mais criança. E minha mãe já era casada de muito, se é esta sua conclusão.*

O senhor faz uma pausa, refestela-se na poltrona e fecha os olhos, como que pedindo em código para não ser interrompido. Pensa na moça que tem a sua frente. Decidida, impositiva, envolvente, persistente e, à primeira vista, dotada de uma inteligência sem rodeios. Se saiu à mãe, não foi à toa que o seu pai, temperamento bonachão e dispersivo, conseguira conceber, trabalhar e concluir o seu romance. Fora empurrado. A dedicatória era clara. Regina deve mesmo ter saído à mãe, pensa. Sem dúvida que saiu. Seria a mãe também tão bonita?

E o romance? Assusta-se ao pensar nele. E o romance? De certo modo era uma obra aberta. Uma semente cuja germinação estava legada ao futuro. Como era mesmo o final? *"Um dia o sangue do sangue, a carne da carne e o espírito do espírito de cada um de nós se encontrarão e, livres, darão continuidade a nossa história de amor...* "Como filho único do homem que vivera aquele amor tão intenso, era, de sua parte, o sangue do sangue, a carne da carne, o espírito do espírito, etc. E via à sua frente, na filha única de Dona Regina, o sangue do sangue, a carne da carne, o espírito do espírito, etc. Imagina que as cartas estavam na mesa e o destino brincava com elas. Abre os olhos. Vê Regina, que o olha por dentro. A vida, nesse momento, corre em ritmo frenético de opereta. A alguém tomar a iniciativa, terá de ser ele, nunca aquela jovem com ares de marechal-de-campo, que parece voar de pensamento a pensamento, de palavra a palavra, sem dar uma deixa. Ele tem de tentar. Afinal, *tem de estar à altura do momento histórico*. O problema é o *como*.

Regina o observa, curiosa. Nota que ele é mais velho do que ela, mas não muito. Que tem um todo tímido e conservador, mas não muito. Que parece interessado nela, mas não muito. Nada de excepcional, mas nada vulgar. No todo, simpático e com um discreto charme, conclui. Ri-se por dentro. É filha única. Missão indelegável. Ou tudo morre ali, ou tudo recomeça ali. A alguém tomar a iniciativa, terá de ser ela, nunca aquele bonachão amável e talvez tão dispersivo quanto o pai. *Vai dar trabalho*, pensa. *E não sei se tem futuro*, completa o pensamento.

*

Ele acorda. Precisa apenas de uma fração de segundo para recompor as idéias e os sentimentos. Vira-se e a encontra dormindo ao seu lado. Nada lhe é estranho. Parece que se conhecem há mil anos. Já é dia. Levanta-se e a olha com ternura, quase amor. Com o dorso da mão afaga-lhe o rosto com leveza. É um gesto de carinho que toma como um segredo de si mesmo. Ela acorda, não sabe por quê. Olha-o. Levanta-se. Os dois abraçam-se sem palavras. Seguem abraçados até à sala. Ali estão a garrafa de vinho vazia e os tira-gostos sobre a mesa, e os sapatos e as roupas, mostrando a ordem em que foram tirados e largados ao chão, no percurso até ao quarto.

"Sente-se e me espere," disse ela afastando-o de si e o empurrando com ternura em direção ao sofá mais próximo. *"Vou preparar o nosso café e já volto."* Ele tenta dizer *Eu ajudo* mas um

dedo colado aos lábios, em sinal de silêncio, recomenda obediência. Ela segue cozinha adentro, não sem antes olhar para trás com ternura, quase amor.

*

Foi difícil para ambos tomarem café com uma só das mãos. As outras estiveram entrelaçadas a maior parte do tempo.

— *A vontade é ficar, mas tenho de trabalhar.*

— *A vontade é pedir para você ficar, mas não preciso. Sei que vai voltar.*

— *Hoje?*

— *Você acabou de nos dar uma idéia. Hoje. É idéia sua. Aceito.*

— *Você não existe.*

— *Existo, embora não ainda para você. Mas é questão de tempo. Se nos dermos este tempo.*

— *De ontem para hoje tudo mudou. Já não sei o que faço da minha vida.*

— *Você não é tonto. Bem que sabe. Ou está perto de saber. Deve ser como seu pai. Também ele não sabia o que fazer da vida.*

— *Então você e sua mãe conversavam.*

— *Muito. Descobri tudo por acaso. Quando descobri, fiz questão de que ela soubesse que eu sabia. Não sei se queria castigá-la, mas o fato é que me tornei sua aliada. Não contra o meu pai. A favor dela, como uma válvula de escape para toda a angústia e ansiedade em que passou a viver. Ela era uma guerreira. Teria sacrificado tudo. Seu pai morreu sem chegar a tomar a decisão que seria libertadora. Libertadora para todos os envolvidos. Acho que faltou coragem, mas não à minha mãe. A cada dia, eu a admirava mais.*

– Por que tanta certeza quanto a sua mãe?

– Veja, esta carta sempre esteve dentro do livro, junto à dedicatória do seu pai. Ela escreveu para ele, tão logo recebeu o livro, mas nunca lhe entregou. Nela há amor, ciúme e alguma decepção, mas há principalmente esperança. Disse e estendeu o braço, entregando-lhe um papel dobrado duas vezes, que ele abre e lê:

"*Amor da Minha Vida,*

Li e reli sua dedicatória. Linda. De início me senti triste, pois imaginava, por absurdo que pareça, ser dona deste romance, que por isto mesmo me deveria ser dedicado e não à sua extremosa esposa. Também sempre entendi que manteríamos oculto o nosso amor até que tivéssemos coragem suficiente para enfrentar juntos todas as suas conseqüências, e não apenas nos contentarmos em deixá-lo como semente para germinar no futuro. Sei que este é um sonho de difícil realização. Temos família, temos filhos que nos vêem como seres perfeitos e imaculados. Porém, acima de tudo e contra tudo, temos de preservar a esperança. Que ela nos mova sempre.

Amor da minha vida, seu livro não é produto do meu trabalho de formiguinha, e sim da sua vocação de escritor, entorpecida durante muitos anos, é verdade. Se tenho algum mérito, é o de partilhar com você um amor que lhe despertou a criatividade e a sensibilidade adormecidas, e o de confiar no seu talento. E o romance saiu à altura da minha expectativa.

Não lhe entregarei esta carta. Ficará guardada dentro do nosso livro, junto à sua dedicatória, até que um dia possamos lê-la juntos, agarradinhos na cama do nosso quarto. Esta é a minha esperança.

Da Sua Menina..."

Alguns segundos de silêncio.

— *Seu pai...*

— *Por favor, não fale de meu pai. Foi bom pai. Como marido, é outra história. Consegui separar as duas coisas na minha cabeça. Passou. Não quero pensar mais nisso.*

— *Quem morreu primeiro?*

— *Você é um obcecado cronológico. Meu pai morreu primeiro. Seu pai morreu poucos meses depois. Já estava doente. Minha mãe ficou inconsolável por não poder cuidar dele. Sua mãe ainda era viva. Foi quando o conheci. Era uma sombra do homem das fotos que minha mãe guardava em segredo. Corriam muitos riscos. Minha mãe morreu pouco depois. Nenhum dos dois tinha plano de vida para viver sem o outro. Daí morrerem quase ao mesmo tempo. O amor dos dois nunca foi tranqüilo. Foi um grande e tumultuado amor, uma conquista mútua diária. Um amor com a densidade dramática dos melhores folhetins.*

Ele olhou para ela de um modo diferente. Entre o acordar e o agora, seu coração havia mudado mais um pouco. Seu batimento cardíaco estava alterado, seus olhos não conseguiam desviar-se dos olhos dela, sua vontade de ir para o trabalho era nenhuma.

— *Não vou trabalhar.*

— *Nada disso. Tem de ir.*

— *Por quê?*

— *Para ser livre e poder voltar.*

— *Posso também ficar. E ficar com liberdade.*

— *É diferente. Ficar com liberdade é uma decisão passiva. Voltar com liberdade diz mais dos sentimentos.*

— *Já decidi que a amo.*

— *É pouco e leviano. Vá e pense com calma. Pense muito e veja se me pode amar com loucura.*

— *Com loucura?*

— *Não faço por menos. Se fizer por menos, o final do romance não faz sentido. Ou não estamos à altura do final do romance. Vá e pense.*

*

Estava na dúvida se passava primeiro em casa ou se ia direto para o trabalho. Estava atrasado. Vestia a mesma roupa da véspera, suada e amarrotada. De bom, o suave perfume da mulher amada. Como a mulher de poucas horas podia ser a mulher amada? Não, com certeza não era ainda a mulher amada. Foi para casa. Tomou um banho demorado e reconfortante, mas hesitou em colocar sua roupa da véspera no depósito de roupas para lavar. Mais tarde ainda daria mais uns cheiros naquela roupa, foi o que pensou. Colocou roupa limpa, mais com pesar do que com prazer. Verificou se tudo naquela casa de solteirão estava nos seus devidos lugares, pegou a chave do carro e desceu à garagem. Perguntou-se então por que estava a reboque dos desejos e dos critérios dela. Não gostou de suas conclusões. Decidiu que não iria trabalhar. Voltaria a vê-la agora mesmo, e não mais tarde, quando pensasse melhor, ou quando amasse com loucura. Amar com loucura, coisa de adolescente ou de demente. Não era uma coisa nem outra. Era um homem maduro, com os pés no chão.

Ele lhe diria isto, assim que chegasse na casa dela. Iria propor que curtissem aquele momento. Viveriam o presente com intensidade. Nada de esperar até que se amassem com loucura. E se a loucura não chegasse? Jogariam fora tão belo enredo? E se ele chegasse a amar com loucura, e ela não? Ou pior – ele, equilibrado, ter de tourear uma mulher enlouquecida? Divagava esses pensamentos e nem se deu conta de que havia tocado a campainha. Surpreendeu-se quando a porta se abriu e viu o que viu. Ela estava linda, produzida, muito mais bonita do que estava havia poucas horas. Ele ficou estático, esquecido de entrar. Ela fez uma reverência, como a convidá-lo, indicando o caminho com o braço estendido.

– *Você está de saída?*

– *Não. Estava a esperá-lo.*

– *Por que achou que eu viria?*

– *Porque eu lhe pedi que viesse quando sentisse que me poderia amar com loucura.*

– *Decidi vir logo, porque temos um enredo.*

– *E resolveu também que devíamos elaborar logo o roteiro.*

– *Mais ou menos isso...*

– *Vai entrar ou o roteiro inclui alguma indecisão?*

– *Ainda não sei se poderei amar você com loucura.*

– *Já decidiu que vai correr o risco. Por isso veio. Para mim é a mesma coisa. Por ora, é o bastante. Entre.*

*

— É diferente. Ficar com liberdade é uma decisão passiva. Voltar com liberdade diz mais dos sentimentos.

— Já decidi que a amo.

— É pouco e leviano. Vá e pense com calma. Pense muito e veja se me pode amar com loucura.

— Com loucura?

— Não faço por menos. Se fizer por menos, o final do romance não faz sentido. Ou não estamos à altura do final do romance. Vá e pense.

*

Estava na dúvida se passava primeiro em casa ou se ia direto para o trabalho. Estava atrasado. Vestia a mesma roupa da véspera, suada e amarrotada. De bom, o suave perfume da mulher amada. Como a mulher de poucas horas podia ser a mulher amada? Não, com certeza não era ainda a mulher amada. Foi para casa. Tomou um banho demorado e reconfortante, mas hesitou em colocar sua roupa da véspera no depósito de roupas para lavar. Mais tarde ainda daria mais uns cheiros naquela roupa, foi o que pensou. Colocou roupa limpa, mais com pesar do que com prazer. Verificou se tudo naquela casa de solteirão estava nos seus devidos lugares, pegou a chave do carro e desceu à garagem. Perguntou-se então por que estava a reboque dos desejos e dos critérios dela. Não gostou de suas conclusões. Decidiu que não iria trabalhar. Voltaria a vê-la agora mesmo, e não mais tarde, quando pensasse melhor, ou quando amasse com loucura. Amar com loucura, coisa de adolescente ou de demente. Não era uma coisa nem outra. Era um homem maduro, com os pés no chão.

Ele lhe diria isto, assim que chegasse na casa dela. Iria propor que curtissem aquele momento. Viveriam o presente com intensidade. Nada de esperar até que se amassem com loucura. E se a loucura não chegasse? Jogariam fora tão belo enredo? E se ele chegasse a amar com loucura, e ela não? Ou pior – ele, equilibrado, ter de tourear uma mulher enlouquecida? Divagava esses pensamentos e nem se deu conta de que havia tocado a campainha. Surpreendeu-se quando a porta se abriu e viu o que viu. Ela estava linda, produzida, muito mais bonita do que estava havia poucas horas. Ele ficou estático, esquecido de entrar. Ela fez uma reverência, como a convidá-lo, indicando o caminho com o braço estendido.

– *Você está de saída?*

– *Não. Estava a esperá-lo.*

– *Por que achou que eu viria?*

– *Porque eu lhe pedi que viesse quando sentisse que me poderia amar com loucura.*

– *Decidi vir logo, porque temos um enredo.*

– *E resolveu também que devíamos elaborar logo o roteiro.*

– *Mais ou menos isso...*

– *Vai entrar ou o roteiro inclui alguma indecisão?*

– *Ainda não sei se poderei amar você com loucura.*

– *Já decidiu que vai correr o risco. Por isso veio. Para mim é a mesma coisa. Por ora, é o bastante. Entre.*

*

Ele abre os olhos. Não sabe se chegou a dormir. Pelo sorriso dela, dormiu. Ou no mínimo dormitou. Sentiu uma certa vergonha. Afinal, ainda era de manhã.

– *Não posso dizer que estivesse cansado...*

– *Não precisa se desculpar. Sei que há mulheres que se enfurecem ou ao menos se sentem menosprezadas se o seu homem dorme depois. Tenho pouca experiência, mas vejo isso de outro modo. Você relaxou, está satisfeito e contente. Se quer saber, eu também. Aliás, mais do que contente e satisfeita. Estou feliz. Acho até que você deve dormir mais um pouco. Temos outro programa.*

– *Outro?!*

– *Não se assuste. Falo de outro programa. Não falo de repetir o mesmo programa. Temos uma ótima peça para ver num teatro aqui perto. Já fiz reserva para logo mais. Basta chegarmos meia hora antes. Vamos?*

– *Fez reserva para dois?*

– *Claro. Ou você não quer ir?*

– *Quero. É incrível.*

– *O que é incrível?*

– *Sua vidência, sua presciência, sua premonição...*

– *Nada disso, querido. Você é que é previsível. Graças a Deus. Surpresa desarruma. Sou mulher organizada. Ah, antes que eu me esqueça, suas toalhas e sua escova de dentes já estão no banheiro. São as azuis.*

– *São as azuis... Quem lhe disse que azul é a minha cor preferida? Não me lembro de lhe ter dito isso.*

– Não me disse. Sossegue, também não adivinhei. Era o que eu tinha, além das amarelas que estou usando.

– Certamente você já escolheu o quê e onde vamos almoçar...

– Não, querido. Além de organizada, sou dependente. Eu preparo o palco e faço questão de ser atriz principal, não coadjuvante. Mas a direção é sua. O texto também. Dou só um ou outro palpite. E me permito um ou outro caco. Vou adorar você me dizer na hora, e somente na hora, onde vamos jantar depois do teatro.

– Eu falei de almoço.

– Para o almoço, temos congelados a gosto. Não precisamos comer fora. É só escolher e coloco no microondas. Quando você achou que ia trabalhar e saiu, dei um pulo no supermercado e reforcei a geladeira.

– Que loucura...

– Já?

– Não. Não falava de amor. Ainda não.

*

Ela estava triste. Estava certa de que o teatro, o jantar e tudo mais que de maravilhoso tinham acabado de viver juntos eram prenúncio de um fim de noite igualmente maravilhoso. E de uma vida talvez maravilhosa. Porém, estava sozinha. Ele se fora, não sem antes fazer a observação burocrática de que não conseguiria dormir duas noites seguidas fora de casa. A razão: nunca o fizera, e na noite anterior estranhara a cama. Ela sentia uma decepção profunda. Acreditou que os dois pudessem reviver o amor dos pais, e de certo modo redimi-los, recriando sonhos e realidades. Mas ele não dormia direito fora de casa. Estranhava a cama. Que pena...

Tirou um brinco, depois o outro brinco. A seguir, o camafeu que o pai dele dera a sua mãe, e sua mãe lhe confiara um pouco antes de morrer. Olhou-o com vagar e carinho. Era uma antiguidade, uma pequena preciosidade do século dezenove, um testemunho de muitas histórias de vida. Ele nem o notara. Ela então colocou as peças sobre a mesa de cabeceira. Ia trocar-se. Travou o gesto de tirar a blusa porque reparou no *Romance em duas vidas* sobre a mesa. Não o colocara ali. Apanhou-o e o abriu, como a conferir se era o mesmo volume que fora e voltara.

Era o mesmo volume. Folheou página por página. Deparou mais uma vez, como tantas outras vezes na sua vida, com a dedicatória para sua mãe. Leu-a de novo. A carta de sua mãe estava junto. Leu-a de novo também. Ele nem perguntara por que ela tivera coragem de entregar aquele livro, em meio a tantos outros, a um sebo. Pois ficaria sem saber. Ela o passara adiante como um náufrago coloca seu pedido de socorro numa garrafa e a atira ao mar. Jamais lhe diria que o seu gesto fora um gesto de esperança e fé. Agora, não esperava nem desejava revê-lo. Notou então que havia sombras sob a página da dedicatória, como se na página seguinte houvesse algo mais escrito. Virou a página. Estava ali, com letra larga e espaçosa:

Regina, Minha Menina,
   O ciclo se completa.
      Com amor e loucura,
            Teu homem

*

A campainha tocou. Ela voltou ao mundo real, ao mundo da sua melhor fantasia. Fechou o livro e abriu a porta. Ele entrou. Trazia uma maleta abarrotada, que pôs no chão. Ela abaixou-se e colocou o livro sobre a maleta. Jogaram-se nos braços um do outro.

– *Demorei?*
– *Toda uma vida.*

***

O livro

Meu amigo Max de Alencar Araripe, simplesmente Maquinho, conheci-o em 1949 quando minha família mudou-se para a Rua Jardim Botânico. Eu era um ou dois anos mais velho e vinha da Tijuca onde conquistei imenso território extra-muros; ou seja, era rueiro e um irrequieto moleque tijucano. Chegando na Gávea estranhei o frio, a umidade e o isolamento de nosso pequeno grupo de amigos. Éramos vizinhos e assíduos peladeiros da rua Getúlio das Neves.

Sua casa era uma extensão de nosso convívio, sempre compartilhada com o nosso Flamengo, não só o nosso clube, "o mais querido" – onde chegamos a treinar no infanto-juvenil –, mas também o inseparável doberman que era a sombra e a luz guia de nossa amizade. Enfim, onde estava o cão estava o seu dono. Se o Flamengo estivesse na esquina esperando o bonde, era sinal de que o Maquinho estava chegando. Coisas do século passado...

Agora estamos participando deste livro e de suas estórias. Reencontro que esperamos compartilhar com os leitores. Histórias de nosso tempo, época que fez brilhar o anônimo desenho dos acontecimentos. Tudo muito próximo, por isto não estranhamos os encontros e os desencontros vividos pelos personagens do amigo escritor. Na verdade este livro é mais um chamado da vida sempre pronta às surpresas. Era o que faltava para o registro de nossa convivência, misturada à existência contemporânea de seus personagens.

Rio de Janeiro, agosto de 2005. Aloysio Zaluar – pintor

EDITORA ZEUS e EDITORA LUCERNA
são marcas registradas da
EDITORA Y. H. LUCERNA LTDA.
Conheça nosso catálogo - WWW.LUCERNA.COM.BR

Este livro foi impresso na gráfica Sermograf
Rua São Sebastião, 199 - Petrópolis - RJ
em agosto de 2005 para a
EDITORA ZEUS